AF237474

Trinkwassersprudler

ohne Risiko?

ISBN 9783753458274

1. Auflage 2021

Herstellung und Verlag:
BoD - Books on Demand, Norderstedt

Trinkwassersprudler

– ohne Risiko?

Wie mein Vater Deutschland zum Sprudeln brachte ...

mit **Tipps** für die sichere Handhabung

von Trinkwassersprudlern

Bibliografische Information der Deutschen Nationalbibliothek
Die Deutsche Nationalbibliothek verzeichnet diese Publikation in der Deutschen Nationalbibliografie; dtailierte bibliografische Daten sind im Internet über http://dnb.d-nb.de abrufbar.

Alle Menschen sind klug -

die einen vorher,

die anderen nachher.

Voltaire,

Autor, Historiker und Philosoph der
französischen und europäischen Aufklärung (1694-1778)

Kapitel 1

Italien

„Wenn ich einmal reich wär.
O je wi di wi di wi di wi di wi di bum
alle Tage wär' ich wi di bum
Wäre ich ein reicher Mann!
Brauchte nicht zur Arbeit ..."

Anhaltender Applaus brandet auf. Es ist die letzte Aufführung der Europatournee. Nach zwei Zugaben sucht der 1. Posaunist Peter K. erschöpft sein Hotelzimmer auf und begibt sich zur Ruhe. Die Musiker der Dresdner Philharmonie sind gehalten sich, am morgigen Abreisetag in aller Frühe, an der Rezeption einzufinden. Sie fahren dann in russischen Reisebussen zurück in ihre Heimat – in die DDR.

Am nächsten Morgen frühstückt Peter mit zwei Violinen. Der Politoffizier kommt an den Tisch und fordert ihn auf, in das Foyer mitzukommen.

„Bürger Kautz! Sie haben einen Farbfernseher gekauft?"

„Ja, det stimmt. Den bekommt meine Mudder zum Jeburtstach."

„Sie wissen doch, dass dafür einen Antrag erforderlich ist. So werde ich das nicht durchgehen lassen. Händigen Sie mir das Gerät aus!"
„Nee, det mach ich nich. Sie ham selbst oof unsrer letzten Tournee in Südamerika 2 Jeräte mitjenommen."

„Darüber Bürger Kautz, wird zu reden sein, wenn wir wieder in Dresden sind."

Der Politoffizier wendet sich von Kautz ab und verlässt merklich verstimmt die Hotelhalle.

Kautz läuft auf die Straße und spricht einen italienischen Passanten an: *„Can you say, wo the german Ambassador is?"*

Sogleich winkt Peter einer Taxe, die ihn zum deutschen Konsulat, einem imposanten Renaissancebauwerk, fährt. Er steigt aus und hetzt auf das Gebäude zu. An der erstbesten Tür klopft er und stürmt in den Raum. Eine Sachbearbeiterin schaut überrascht auf den fremden Besucher.

„Ick bin Peter Kautz ausse DDR und mit meen Okesta uff Jastspielreise in Italien. Ick beantraje politsches Asyl für die BRD, wa. Ick jeh nich mehr in Osten zurück. Der Offszier hat jedroht, nur wel ick en Fernseher für de Mudder zum Jeburtstach jekooft hab´. Ick möcht´ in Westen bleiben."

„Beruhigen Sie sich Herr Kautz. Wir helfen Ihnen ja", beschwört die Botschaftsangestelte den Republikflüchtling. *„Geben Sie mir bitte Ihren Ausweis - danke. Vorerst können sie in dem Hotel wohnen bleiben. Ich stelle ihnen einen Kostenübernahmeschein aus. In ein paar Tagen bekommen Sie echte Papiere. Mit denen haben sie dann das Recht nach Deutschland weiterzureisen. Wir erledigen alles Weitere für Sie. Sie brauchen sich nicht sorgen. Haben Sie ausreichende finanzielle Mittel? Hier - ich gebe Ihnen eine Zahlungsanweisung zur Über-brückung. Die können sie gleich nebenan an der Kasse einlösen. Willkommen in der Freiheit!"*

„*Ick dank´ ihnen och*", steckt Kautz die Anweisung mit seinem Ausweis ein und verabschiedet sich.

Ost trifft West

Ick throne im „Broadway" anner Theke und schäker mit de Bedienung. Die flüstert mir jerade zu: *„Frag den da hinten mit dem Bart. Der ist selbstständig. Irgendwas mit Werbung oder so."*

„Ja dank´ Dir - mach ick."

Ick schlender auf den Dartpfeile werfenden Kerl szu.

„Hallo; ick such ´n dritten Mann zum Skat. Kannst de det och so jut wie Pfeile werfen?"

„Glaub´ schon. Ich komme gleich mal an die Theke. Da könn´ wir schnacken."

Ick hock ma wieder auf meen Barhocker und bestell ´nen Wodkalemon. Der Bärtige packt seene Dartpfeile in und setzt sich neben mir.

„Moin ich heiße Schmidt. Wo ist denn der dritte Mann?"

„Der is leider jrad´ wech. Ick bin Peda und Musiker – klassisch, natürlich. Wir könn´ uns ja szu ´n Skatabend verabreden, wa. Übrijens - haste det im Fernsehn jesehn? Det, mit den Millionär?"

In Niedersachsen wurde ein Hausmann durch einen Lottogewinn von 6,97 Millionen Mark zum Multimillionär.

„En Hausmann war det. Davon träum ick och de janze Zeit."

„Da kann ich Dir behilflich sein. Eine Bekannte von mir. Sympat-
hische emanzipierte Frau. Die macht dich in einem Monat zum
Hausmann."

„HAUSMANN? Nee! Ick will Millionär werden! Aber keen Haus-
mann. Dafür bin ick nich rüberjemacht."

„So so. Ein Kommunist aus der DDR möchte im Westen zum Millionär
werden. Wohl zu viel Westfernsehen geguckt?"

„Du hast ne eijene Firma, hab ick mir sajen lassen. Da west 'de wie 's
jeht. Kannst ma doch Tipps jeben, wa?"

Mein Vater hört ihm jedoch nicht zu. Er schaut nur auf die
attraktive Wirtin Petra, wie sie das Bier zapft.

„Wat glotzte ihr denn so an. Die is schon fajeben wa."

„An wen?"

„An mir!", grinse ick und lach' ihn an: *„Aber sag et niemand. Ihr*
Ehekerl wees och von nischt."

Der Werbefritze verbircht sene Enttäuschung nich. Der ärjert sich
jetze det ick ihm zuvorjekommen bin.

Am nächsten Morgen holt Vaddern Peter mit seinem Porsche ab.
Sie fahren in die Innenstadt. Vor der Fußgängerzone hält mein
Vater an.

„So Trom-Peter. Hier ist dein neuer Arbeitsplatz. Da legst du eine Mütze hin und pustet den Passanten was. Abends komme ich kassieren und fahre Dich nach Hause. Benzingeld kostet extra. Bis übermorgen habe ich dir eine Genehmigung besorgt. Dann kannste anfangen; alles klar?"

„Wat allet klar? Ick hab´ klassische Musike an ne Hochschule studiert und war 1. Posaunist der Dresdner Philharmonie! Ick hab Konszerte in ne Welt jejeben und du Kunstbanause willst ma uffen Straßenstrich schicken? Für dir anschaffen? Nich mit mir - du abjewichster Werbeheini. Und ick hab jedacht, du wärst n Kumpel, wa?"

„Reg Dich nicht gleich auf Po-Saunist. Ich zeige dir damit doch nur, dass es für einen Künstler nicht so einfach einen Job – Pardon - ein Arrangement gibt. War nicht ernst gemeint mit dem Straßenmusiker. Komm, ich lad´ Dich zum Mittagessen ein. Werde mal einen Geschäftsfreund kontaktieren. Möglich, dass sich da was arrangieren lässt."

„Vergiss et. Ick koof ma lieba ne Bulette, bevor ick mit dir Essen jeh." schimpft Peter und steigt grußlos aus. Er knallt die Autotür zu und läuft in die Fußgängerzone.

Posaunist trifft Monteur

Maria: *„Allex, was schleckte Musik. Dein Nachbar macht mir krank. Ich nach Hausee, wenn nix Schluss!"*

„Liebling warte. Ich gehe' gleich rüber. „Der Kerl ist letzten Monat neu eingezogen. Ich werd' ihm die Tröte wegnehmen, wenn er nicht sofort damit aufhört."

Allex trommelt mit der Faust gegen die Eingangstür der Nachbarwohnung: *„Ruhe! Verdammt noch mal!"*

Peter Kautz öffnet mit einer Posaune unterm Arm die Tür und strahlt seinen Nachbarn mit entwaffnender Freundlichkeit an: *„Sorry, wenn ick zu laut war - bin nu fertich. Ick bin Peda Berufsmusika - deen neuer Nachtbar, wa."*

Allex wird augenblicklich zahmer und stellt sich ebenfalls vor.

„Komm' rein, ick jeb' eenen ausse Pulle aus."

„Ne kann nicht. Meine Freundin ist zu Besuch – obwohl. Aber nur ein Gläschen auf die Schnelle."

„Prima Mensch. Dann komm rin. Ick bin neu hier im Westen, wa. Erst vor zwe Monate rüberjemacht."

„Ach - aus der SBZ (sowjetisch besetzte Zone) kommst du?"

„Nee, ausse DDR. Wat machst 'n du so beruflich?"

*„Ich bin ein Straßenmont und arbeite als Straßenverkehrslichtzeichen-
anlagenmonteur."*

„Wat is 'n det? Hört sich an wie 'n Beruf ausse DDR."

„Ne ne - das ist ein richtiger Beruf bei uns. Ich installiere Ampeln."

„Haha – det is een Sichnal - darauf trink ma- wa."

Zu vorgerückter Stunde - nach reichlichen Bieren und Schnäp-
sen, beschließen beide, dass sie eine Firma gründen und
Millionäre werden wollen. Maria hat derweil wütend die
Wohnung ihres Freundes verlassen.

Ein paar Tage später sitzen Allex und sein neuer Nachbar bereits
bei einem Notar und unterschreiben einen GmbH-Vertrag.
Wirtschaftliche Basis für die spontane Gründung der
gemeinsamen Firma wird Peters Flüchtlingsdarlehen „FOnDL"
(*Finanzielle Orientierung nach DDR-Leben*), das ihm von der *WIB*
(*Westdeutsche Integrationsbank*) eingeräumt wurde.

Am darauffolgenden Tag reisen beide zu Allexes Freund nach
Schweden. Dort wird ihnen selbstgemachte Cola aufgetischt. Die
Herstellung ist denkbar einfach. In einem Wassersprudler wird
dem Wasser aus der Wasserleitung Kohlendioxid zugemischt
und es entsteht Kohlensäure. Der Drink perlt erfrischend wie ein
herkömmlich gekauftes Getränk. In Schweden nutzen viele
Haushalte ein solches Gerät, das aus Großbritannien importiert
wird. Peter und Allex sind fasziniert. Diesen Trinkwassersprudler, vom Äußeren einer Kaffeemaschine ähnlich, möchten
sie auch in Deutschland verkaufen. Der alte Schwede knüpft den

Kontakt zum Hersteller *Sodastream* in England und bekommt einen Termin für die beiden. In der darauffolgenden Nacht sitzen unsere *Couragierten* längst auf einem Fährschiff und legen am nächsten Morgen in Hafen von Portsmouth an. Zwei Tage später sind sie, mit einem Exklusivvertrag im Gepäck, wieder in Deutschland.

Mauerfall

Vaddern liegt entspannt auf dem Sofa seiner Freundin und schaut gelangweilt auf den Fernseher. Da springt er hoch und reibt sich verdutzt die Augen. Tatsächlich – er träumt nicht. Die Tagesschau meldet: "DDR öffnet Grenze".

Aus dem Schlafzimmer verlangt seine Freundin nach ihm.

Mein Vater geht nicht darauf ein und ruft: *„Dergeli schnell! Hier passiert grad´ etwas Unglaubliches. Die Grenze zur DDR ist offen. Ein historischer Moment."*

„Scheiß Politik – interessiert mich nicht. Komm´ lieber ins Bett. Es ist fast Mitternacht!"

Vaddern murmelt: *„Hohle Nuss. Wird Zeit, dass ich mir was Anspruchsvolles suche",* und schaut die Sendung bis in die frühen Morgenstunden; um ja nichts zu verpassen.

In irgendeiner Wohnung in Schelmenhorst sitzen Petra und Peter und schauen ebenso gebannt in die Ferne.

„Ick fass es nich. Unjlaublich. Die mauer jeht auf. Da komm´ alle ausse DDR. Meen Bruda und Mudda wird´ ick wiedersehn und du lernst ihr kennen. Petra! Det janze Volk macht rüba in Westen. Det is aba nich jut. Konkurrenz für uns, wa. Ick wird´ ma beeilen müssen."

Bruchbude

Vor dem angemieteten ehemaligen Radiofachgeschäft erklärt
Peter seinem neuen Geschäftspartner Allex: *„Den Wareninkoof von
de Jeräte bezahl ick von meen Darlehn, wa. Hauptsache die Dinga
werd´n nachjefracht."*

Petra steht daneben und schenkt ihrem Freund Peter eine
Topfpflanze für sein Büro. Die soll seinem Geschäftsvorhaben
Glück bringen. Dass ein Mensch ein Gewächs kauft und es weiter
verschenkt, ist nichts Seltenes und kommt täglich tausende Male
vor. Aber diese Pflanze ist etwas Besonderes. Die Blätter sind
zart, fast durchsichtig und von einem sehr hellen Grünton. Die
dünnen Pflanzenstängel tragen schwer unter der Last der
wenigen tellergroßen Blätter. Dennoch wirkt sie auf den
Betrachter kräftig und widerstandsfähig. Grad so kräftig und
durchsetzungsfähig, wie Petra es der jungen Firma wünscht,

Ick schlaje den Golfball mit ´nem Putter in det Wasserglas inne
Büroecke, wa. Meen Kompagnon Allex kiekt umme Ecke und
holt tief Luft: *„Muss dass sein Peda?"*

*„Ick wees Allex. Ick sollt ma um neue Ware kümmern. Aba dat Jeld is
alle."*

„Heißt das, wir sind pleite?"

*„Ja Allex, det sind wa. Für den letzten Zwanzjer hab ick jestern
jetankt."*

„Waaas? Und nun?"

„Ick könnt´ den Werbefritzen, den Schmidt anrufen. Vielleicht hilft der uns ausse Patsche, wa?"

„Ich denke, ihr habt Euch damals gestritten?"

„Na ja, is halt n´ Wichtigtuer. Wat andres fällt ma im Moment ooch nich ..."

„Mach es Pedda - ruf ihn an. In der Not fressen die Fliegen den Teufel."

Kautz nimmt den Hörer in die Hand und wählt.

„Hallo, wer ist da?"

„Tachjen, hier is Peda. Peda Kautz, der Musika von det Dresdner Okesta."

„Wer? Ich habe keine Musik bestellt!"

„Mensch Klaus, ick bin der Posaunist. Wir ham uns mal in Brem´ inne Kneipe Brodwech jetroffen. Erinnerste dir? Du solltest mir zum Millionär machen, wa."

„Ach der Musikus aus der DDR, die es nicht mehr gibt."

„Ja, rischtij, det bin ick."

„Biste Millionär geworden? Moment mal – woher hast du denn diese Telefonnummer? Warst wohl mal bei der STASI, was?"

12

„Na ja, Millionär nich janz. Ick hab´ ma aba mit nem Kumpel selbständich jemacht."

„Ach ne. Und was willst du von mir?"

„Ick hab´ da een dolles Produkt und möcht´ deene Meinung daszu hörn. Kiek mal bei uns in Schelmenhorst rin – wa."

„Mal sehen - vielleicht."

„Wäre´ ... HALLO - arrojantes Arschloch! Eenfach uffjelecht."

Allex: „Na vielleicht kommt er ja trotzdem."

Firmensitz

Vor dem heruntergekommenen Gebäude stellt Vaddern sein rostiges Fahrrad ab und mustert die Fassade. Über der Eingangstür hängt eine ausgeblichene Leuchtreklame. Links und rechts von der windschiefen Tür spiegeln sich zwei Schaufenster. Den Durchblick versperren gnädig die verqualmten Jalousien und von den Fensterrahmen blättert die alte, hundekotfarbene Lackfarbe. Fast stößt mein Vater mit der Frau zusammen, die aus der Eingangstür heraus stürmt.

„Das ist eine Unverschämtheit. Das lasse ich mir nicht länger bieten", schimpft sie und verschwindet im Nebengebäude.

„Moin Musikus, da bin ich. Lange nicht gesehen. Beinahe zehn Jahre ist unser Treffen her. Damals im Broadway in der Dart-Kneipe. Wie gehts Dir? Sag mal, wer war denn das da eben?"

„Tachen Klaus, jut dat de jekommen bis. De Furie? Det is de Vamieterin; die Schlampe."

„Die war ja auf hundertachtzig. Was wollte sie denn?"

„Ach det war nur wejen de rückständjen Miete. Ejal – wat wichtjeres. Ick hol ma unsere Weltneuheit. Da kannste de die Vermarktung orjanisieren und zeijen wat de drauf hast.

„Verstehe Peter. Du bietest mir also an, dass ich bei euch mitmachen kann. Wovon willst du mich bezahlen, wo ihr schon mit der Pacht im Rückstand seid? Erwirtschaftet Ihr denn nicht einmal das Geld für diese bescheidenen Räume?"

„Klaus, bleib ma ruhig, wa. Die Alte kriejt sich och wieder inn. Ick stell Dir erstma meen Patna vor."

„Hi, ich bin der Allex."

„Moin. Mein Name ist Schmidt."

„Klaus - kiek ma. Det is da Jemini. Unser Drinkmaker aus England, wa. Mit dem kannste aus Wasser Mineralwasser szaubern."

Peter führt meinen Vater zu einem wackeligen Küchentisch. Dort steht eine weiße Apparatur, einer Kaffeemaschine ähnlich. Er drückt auf einen Hebel und die Fronttür aus Plexiglas dreht sich wie von Zauberhand zur Seite. Die darin eingehängte Kunststoffflasche schraubt er raus und füllt sie bis zum Eichstrich mit Wasser aus der Wasserleitung. Nachdem die Flasche mit einer viertel Umdrehung wieder in das Gerät eingedreht und die Fronttür geschlossen ist, drückt Peter einen roten Knopf. Augenblicklich zischt und sprudelt es. Nun betätigt er einen seitlich angebrachten Hebel. Das Plexiglastürchen öffnet sich erneut und mit einem lauten Zischen entweicht der Druck der überschüssigen Kohlensäure. Er dreht die Flasche raus, gießt das sprudelnde Wasser in ein Glas und reicht es meinem Vater.

„Wat jukste so septisch, nu trink schon."

„Hmm, tatsächlich. Schmeckt wie Mineralwasser. Du hast nicht übertrieben. Ein bisschen zu warm, aber sonst. Und diese Maschine verkauft ihr in Deutschland?"

„Da kiekste, wa? Mineralwasser ausn Wasserhahn. Ohne det Schleppen von Flaschen und Kästen! Und erst der Preis, wa."

„Ich bin überrascht. Aber warum bekommt ihr dann das Gerät nicht verkauft?"

„Wees nich - drum hab ick Dir ja jeholt."

„Da schau, der gehts doch auch prächtig", zeigt Vaddern auf die Pflanze auf dem Fensterbrett, *„da wird es mit eurem Laden ebenfalls bald aufwärtsgehen. Ihr müsst nur Geduld haben!"*

„Du hast jut Reden. Wir wart´n schon een halbet Jahr uff den Erfolch, wa."

„Ihr müsst nur fest dran glauben. Ein amerikanischer Stahltycon und Mäzen hat einmal gesagt - Gehe dem Erfolg auf den Grund und du wirst Beharrlichkeit finden."

„Schön wär ´s ja", wirft der andere Inhaber, Allex ein.

„Ok ich versuch´s. Zwei Familien kann es möglicherweise auf Dauer ernähren. Schätze ich mal."

„Reicht auch, wir sind nur zwei Familien!"

Das war erneut Allex Könner. Der wird meinem Vater immer unsympathischer. Die beiden werden sicherlich nicht auf Dauer miteinander auskommen.

„Und was ist mit mir? Ich arbeite doch nicht für lau. Ich bin Unternehmensberater."

„Rej Dir nich oof Klaus, ick zahl da 300 Mark - OK?"

„Gut - dafür könnt´ ich es machen. Ich gehe jetzt erstmal zur Vermieterin nach nebenan und versuche, ein Moratorium zu erreichen."

Nachdem Vaddern den Raum verlassen hat, schaut Allex seinen Geschäftspartner vorwurfsvoll an: *„Hör mal Peda, wir haben doch kein Geld mehr. Wie bezweckst du, den zu bezahlen? Außerdem brings der wahrscheinlich nicht. Kommt hier mit einem Schrottfahrrad an und riskiert ´ne dicke Lippe."*

„Det lass ma meene Sorje sein. Een Monat ist lang. Bis zum Monats-ende fällt ma schon wat ein."

„300 Mark für´n Monat Peda – so wenig. Warum macht der das?"

„Macht er ja nich. Der jlobt det is 300 für´n Tag - de Tagessätze für´n Berater. Lass ihm bloß in dem Jlauben."

„Na klar mach ich doch. Aber du bist schon ein gerissener Hund. Nicht dass Du mich auch mal so reinlegst."

„Allex, dir doch nich. Du bis meen besta Kumpel, wa."

Derweil klingelt Vaddern an der Haustür des Nebengebäudes. Die *Schlampe*, wie Kautz sie bezeichnet, kommt, immer noch aufgebracht, heraus.

„Guten Tag Frau Bachmann. Ich möchte mich erst einmal vorstellen? Mein Name ist Schmidt und ich bin ab morgen der Dritte im Bunde bei der Firma Sodastream."

„Ja und? Haben sie denn wenigstens Geld, damit ich meine Mieten für die letzten Monate bekomme?"

„Frau Bachmann, das ist nicht meine Aufgabe. Ich habe eine eher beratende Tätigkeit. Ich bin nicht der Finanzier ihrer Mieter, sondern werde den Warenhandel und somit den Umsatz steigern, um Gewinne zu realisieren."

„Das interessiert mich alles nicht. Wie lange soll denn das noch so weitergehen? Wie stellen sich die Herren das vor?"

„Ich hoffe, Frau Bachmann, dass in zwei Monaten die Pachtzahlungen wiederaufgenommen werden können. Hundert Prozent versprechen kann ich da nichts. Was ich ihnen aber verspreche, ist, dass man nicht mehr so unverschämt zu ihnen wird. Und -, dass ihr großzügiges Zuwarten mehr Wertschätzung findet."

„Na das ist ja schon mal was. Wenigstens nicht mehr beleidigt zu werden, wenn man die Miete einfordert."

„In Zukunft werde ich dann ihr Ansprechpartner bei allen Vorgängen sein, die das Pachtverhältnis betreffen. Wenn es ihnen recht ist Frau

Bachmann. Ich wünsche noch einen schönen Tag und vielen Dank für ihr Entgegenkommen."

Vaddern geht zurück zu den beiden Unternehmern im Nebengebäude. Kautz und Könner *sehen ihn fragend an.*

"Wat hat se jesacht, de Schlampe?"

"Peter hör' auf damit. Sonst vergeht mir die Lust, bei euch einzusteigen. Wenn du dich nicht zusammenreißt, macht sie nächsten Monat euren Laden dicht!"

"Schon jut, schon jut. Fang dir. Also wat hat se jesagt szu dein Oratorium?"

"Das vereinbarte Moratorium bedeutet, dass sie euch zwei weitere Monate Aufschub gibt. Dann erwartet sie, dass die laufende und eine der ausstehenden Mieten bezahlt werden."

"Prima. Dann haben wir ja erst mal ein bisschen Luft zum Atmen Peda", seufzt Allex.

Büroraum

Peter steht mit meinem Vater im vorderen Raum der Firma. Peter schiebt den schweren roten Samtvorhang zur Seite, der den Eingangsbereich mit den großen Schaufensterscheiben von der hinteren Räumlichkeit abtrennt.

„Hier Klaus is det Büro für dir."

Die Kemenate, 4 x 5 Meter, ist nur mit einem winzigen Fenster ausgestattet. Der Fußboden besteht aus ausgetretenen verdreckten Holzdielen und schwingt bei jedem Schritt unter der Last. Unter dem, nicht zu öffnenden, Fensterchen macht sich eine abgewetzte braune Ledergarnitur breit. Model Eiche rustikal. Einen Tisch gibt es nicht. Ebenso wenig ein Telefon. Der komplette Raum riecht muffig; nach abgestandener Luft. Rechts führt eine, schief in den Angeln hängende Tür zu einer Toilette. Die, als solche zu bezeichnen, sich verbietet und deren Wasserspülung soeben unüberhörbar rauscht. Allex Könner kommt aus dem WC und steuert auf meinen Vater zu.

„Na, Berater, wie gefällt dir dein Büro?"

Vaddern ist einiges in seiner Laufbahn als Selbstständiger gewohnt. Das hier - schlägt dem Fass die Dauben aus.

Es ist eine Bruchbude; kein Büro. Im großen vorderen Raum ist es noch einigermaßen passabel, aber hier hinten? Wie kann man da auf kreative Ideen kommen? Am liebsten würde er auf dem Absatz umkehren. Da er aber nun mal da ist, bleibt er auch. Außerdem stachelt die Arbeit, mit den beiden Unbedarften in dem vorderen Raum, seinen Ehrgeiz an. Geld wird es, wenn die Pacht nicht bezahlt wird, vermutlich selten geben. Was den Vorteil hat, dass Vaddern mit seiner Meinung nicht hinter dem Berg halten muss. Über die Bezahlung wird er in den nächsten Tagen noch mit Peter sprechen. Da bin ich mir sicher.

„Was? DAS soll ein Büro sein? Sieht wenig einladend aus. Hier gibts ja nicht einmal einen Tisch!"

„Den baue ich dir. Wir haben noch drei Europaletten auf dem Hof herumliegen. Wachstuch drüber und fertig ist der Schreibtisch. Und 'nen Stuhl bring ich dir von mir zu Hause mit", versucht Könner meinen Vater zu beschwichtigen.

„Nein, Leute. Hier werde ich nicht arbeiten. So etwas könnt ihr doch nicht als Büro bezeichnen.

„Rech Dir nich oof. Det wird schon. Petra kommt jleich vorbei und wischt ma durch, wirst ..."

„Welche Petra? Etwas die aus der Kneipe, von damals?"

„Ja, die meen ick."

„Ok. Ich mach´s im Pallettenbüro."

„Schön, dann sind wa uns ja einij. Heut´ Abend jehn wa szu Dritt zum Apollinaros und bejiessen die Szusammenarbeet!"

„Wir beide und Petra?"

„Petra? Nee. Allex jeht mit. Det is meen Kompagnon.“

„Egal - ich komme mit. Lasst uns erst eine Postbesprechung machen.“

„Postbesprechung – wieso? Wir kriegen doch keine Post.“„

Aber ihr werdet welche bekommen Herr Könner. Und zwar vom Gerichtsvollzieher! Wenn hier nicht bald was passiert. Eine Postbesprechung betrifft nicht nur die ankommende Post. Es wird vielmehr die weitere Vorgehensweise und Strategie besprochen. Diverse Aufgaben im täglichen Ablauf sind zu verteilen. Hier fehlt doch eine funktionierende Organisationsstruktur.“

„Haben wir bisher nicht gebraucht. Jeder von uns weiß auch so, was zu tun ist. Wir brauchen kein Theoriegequatsche, hier muss angepackt werden!“

„Lass et jut sein Allex. Klaus will uns doch nur helfen. Er war jahrelange mit Erfolg selbstständig. Der versteht davon mehr als wir“, besänftigt Peter seinen Partner und schiebt ihn aus dem Raum.

Mein Vater hat sich derweil auf den zusammengebauten Pallettentisch gesetzt. In diesem Moment kommt die Freundin von Peter herein.

„Guten Morgen. So sieht man sich nach Jahren wieder, ich freue mich.“

„Hallo Petra. Wie hübsch du immer noch bist!“

Vaddern bekommt ein Bussi: *„Danke, du Schmeichler.“*

„Lieb von dir, dass du mir beim Reinigen dieses Schuppens hilfst."

„Na klar. So kannst du doch hier nicht arbeiten." Petra holt eine Pütz mit heißem Wasser und einen Schrubber aus dem Toilettenraum. Mein **Vater** bringt derweil seine Reiseschreibmaschine auf dem Palettentisch in Stellung.

„Na sieht doch schon passabel aus, det Büro, Klaus", ruft Peter über-schwänglich aus.

„Na ja - geht so. Was nicht geht, ist eine Firma ohne Sekretärin. Meinetwegen auch nur eine Schreibkraft. Ich kann das hier nicht alles alleine managen. Bei Firmen Besuchstermine für euch vereinbaren. Da werd´ ich nicht noch Briefe tippen können."

„Klaus, wer soll det bezahlen? Wir sind nich nur mit de Mieten im Rückstand, wa. Et jing bisher ja ooch ohne Sekretärin."

„Sehr weit seid ihr damit aber nicht geko ..."

„Holla, das fängt ja gut an! Geld ausgeben könn´n wir auch ohne Berater!" ertönt eine Stimme hinter dem Puffvorhang.

„Ok Herr Könner. War nicht so gemeint. Ich werde das Arbeitsamt anrufen. Die zahlen für ältere oder schwer vermittelbare Arbeitslose ein Jahr lang Lohnzuschüsse. In der Spitze bis zu 100 Prozent!"

„Das hört sich besser an. Ein Jahr lang kein Lohn zahlen is geil. Dann schmeißen wir die raus und ordern ´ne neue Tippse mit Prozenten. Sehr schlaue Idee", schaut Allex hinter dem Vorhang hervor.

„Schön, da sind wa uns ja einij. Bis nachher beim Jriechen - da bejiessen wia det Janze - um Achte, wa."

An Petra und Allex gewandt drängt Peter: *„Lasst uns nach nebenan jehn; der Kaffe wird kalt."*

Kapitel 2

Trinkwassersprudler

hatte mein Vater vorher nie gesehen und so nimmt er das Gerät näher unter die Lupe. Die Vorteile des Drinkmaker, wie das Teil genannt wird, offenbaren sich ihm sofort. Der Geschmack steht herkömmlichem Mineralwasser nicht nach. Ein gleichwertiges Wässerchen im Privathaushalt aus dem Wasserhahn herzustellen, ist bequemer und billiger gegenüber Flaschen aus dem Handel. Außerdem entfällt die lästige Schlepperei der Pfandflaschen und Getränkekästen. Eine platzraubende Lager-vorhaltung ist ebenso nicht vonnöten und die Menge der Kohlensäure kann nach eigenem Belieben dosiert werden.

Getoppt wird das Ganze durch die Möglichkeit, diverse Getränkekonzentrate in verschiedenen Geschmacksrichtungen beizumischen. Das heißt, auch für die Zubereitung bedarf es keiner aufwändigen Vorbereitung. Der Begriff: *Zubereitung* ist allerdings unpassend. Da vermuten die Kunden eher ein Rezept; mit Aufwand verbunden. Das trifft den Vorgang des Aufsprudelns aber nicht.

Küchenmaschine klingt zu technisch. Es empfiehlt sich, den *Wassersprudler* in die Kategorie der *Küchengeräte einzuordnen.* Der Sprudler wird somit zu einem Haushaltsgerät unter vielen anderen und in der Zukunft täglich so selbstverständlich genutzt werden, wie eine Kaffeemaschine. Diese Gedanken fallen meinem Vater spontan zu dem Trinkwassersprudler ein. Alles nur positiv - das Gerät wird ein Verkaufserfolg werden. Vaddern erhebt sich aus seinem *„Büro- sessel"*, den von Könner mitgebrachten Küchenstuhl, und verlässt das Kabuff in Richtung Vorraum.

Er wendet sich Peter zu: *„Also das Gerät überrascht mich positiv und wird sicherlich eine Zukunft haben."*

„Det wissen wa ooch Klaus. Nischt Neues für uns."

Mit hochrotem Gesicht gibt Vaddern zurück: *„Na, wenn ihr alles selber wisst, warum verkauft ihr dann nichts?"*

„Weil wir nicht so schlau wie ein Unternehmensberater sind!", grient Könner meinen Vater herausfordernd an.

Peter beschwichtigend: *„ALLEX hör´ uff!"*

Und zu meinem Vater: *„Wir wissen et nich - da ham´ wa schon vieles ausprobiert, wa. Auf Messen und Ausstellungen."*

„Ok, seit wann vertreibt ihr das Gerät und an wen", lenkt Vaddern ab. Verlegen spielt er dabei mit seinem Kugelschreiber und schaut fragend in die Runde.

„Seit 6 Monaten", kommt die prompte Antwort von Könner, *„Wir beauftragen Promoterinnen die das Gerät auf Messen und Veranstaltungen vorführen und verkaufen."*

Ja, das haben sie richtig eingeschätzt. Da ein Trinkwassersprudler in der Bevölkerung unbekannt ist, sollte die Handhabung vorgeführt werden. Niemand kann sich die Eigenschaft des Gerätes vorstellen, wenn es nur so dasteht. Das Überraschungsmoment - der Aha-Effekt, kommt erst bei der Benutzung und Verkostung des selbst aufgesprudelten Wassers. Da hilft die Vorführung auf einer Messe auf jeden Fall.

Vaddern verabschiedet sich bei den beiden: *„Ich werde morgen ein paar Handelsunternehmen anrufen und Termine für euch vereinbaren. Da dürft ihr dann eure Wundermaschine vorstellen. Ciao für heute."*

Frau Selz

steht unschlüssig, mit Anfang 50, mittelblond und skeptischem Gesichtsausdruck vor den Schaufenstern der Firma. Zögerlich betritt sie den Raum, wo die beiden Chefs, Peter & Allex, sitzen.

„Guten Tag. Ich heiße Eleonore Selz und habe mich bei Ihnen als Sekretärin beworben."

„Tachen Frau Selz Ick bin da Chef von det Janze. Kautz is meen Name, wa. Ick freue mir, ihnen zu sehen."

Allex schaut verdutzt drein, als er hört, dass sich Peter wieder als alleiniger Chef der Firma vorstellt. Schließlich gehört ihm mit 50% der GmbH nur der halbe Laden. Er, Allex hält die restlichen Anteile und ist somit auch Chef der gemeinsamen Firma. Sein Geschäftspartner nimmt sich immer mehr heraus. Allex ist verärgert und wird Peter darauf ansprechen.

„Ich war 20 Jahre bei der Spedition Sühne & Hagel; zuletzt als Chefsekretärin beschäftigt. Nach der Geburt unserer Tochter habe ich eine Auszeit genommen, um mich der Erziehung des Kindes zu widmen. Nun möchte ich, auch wenn ich bereits 53 bin, einen Neuanfang wagen."

„Ick hab´ ihr Bewerbungsschreiben jelesen Frau Selz. Det jefällt ma und ick nehm´ Ihnen. Ihr Arbeetsplatz is der vordere Breich det Büros. Hier, wo die beeden jroßen Fensterscheiben det helle Tageslicht rinlassen."

Allex grummelt leise vor sich hin: *„Sonst wird eh niemand reingelassen."*

„Wie? Ich verstehe nicht?", schaut Frau Selz irritiert.

„Nich so wichtij Frau Selz", rettet Peter die Situation und wirft Allex dabei einen tadelnden Blick zu, *„Können se morjen schon um achte vorbeikomm´?"*

„Ja, das geht, Herr Kautz."

„Sehr jut. Bis dann. Wiederseh´n Frau Selz."

Nachdem die neu eingestellte Mitarbeiterin das Büro verlassen hat, regt sich Allex sofort auf: *„Peter wieso bist du hier der Chef vom Ganzen? Auch mein Geld steckt in dieser Firma. Ich bin gleichberechtigt und genauso Chef."*

„Ick hab´ da jleich szu Anfang jesacht, dat ick der erste Posaunist im Ochesta war und dat det hier och bleibt. Der einjetrajene Jeschäftsführa bin ick und füa allet verantwortlich, wa. Ick halt meene Birne hin, nich DU!"

„Ja ja - reg´dich nicht auf. Erzähl mir lieber, was mit der Bezahlung der Tippse ist? Danach hast Du sie gar nicht gefragt. Bezahlt die nun das Arbeitsamt oder nicht?"

Bundesweite Akquise

Mittlerweile hat Vaddern sein Büro eingerichtet. Da kein Schreibtisch zur Verfügung steht, wird er mit dem zusammengezimmerten Europalettentisch vorliebnehmen müssen. Eine gewellte Sperrholzplatte und darauf das blauweis karierte Wachstischtuch. Fertig ist ein bayerischer Arbeitstisch. Wenn mein Vater dann auf dem geliehenen Küchenstuhl von Könner sitzt, stellt er seine Beine seitlich und dabei muss er den Oberkörper extrem vorbeugen. Was seinen Bandscheiben nicht wirklich bekommt.

Auf dem Schoß balanciert er die Thermoschreibmaschine und schreibt eine Seite voll. Dann lehnt er sich zurück, um seinem Rücken Erholung zu gönnen. Vorteile hat der *Palettenstapel,* Vaddern nennt ihn *Eurotisch, dennoch.* Die Größe ist bestens für seine Loseblattsammlung geeignet. Denn, die besteht oftmals aus wenig klugen Ideen für die Vermarktung des Gerätes. Darum hebt der Trinkwassersprudler GEMINI auch nicht so rasant ab, wie die Raketen der NASA.

Mittlerweile ist Vaddern nicht mehr überzeugt von einem Erfolg. Ein anderes Produkt haben die beiden Inhaber aber nicht. Da mein Vater im Moment eh arbeitslos ist, wird er es weiter probieren. Zwar verkauft Kautz manchmal ein paar Geräte an Handelsvertreter. Die Einnahmen daraus reichen aber gerade für die Pacht, die mittlerweile - fast - regelmäßig bezahlt wird. Erst im letzten Monat wurde das Telefon, nach einer 4-wöchigen Sperre, wieder angeschaltet. Eine Firma ohne Fernsprecher ist auf Dauer nicht überlebensfähig. Könner pumpte für die Telefonrechnung seine spanische Lebensgefährtin an. Verbunden mit dem Versprechen der Rückzahlung, da die Firma mit dem Berater bald in erfolgreiche Gewässer schippern wird, so Könner zu ihr. Die Erwartungshaltung meinem Vater gegenüber ist sehr hoch. Die Firmeninhaber glauben scheinbar, er kann zaubern.

Zurückblickend war Vaddern seit 1975, mit kurzen Unterbrechungen, erfolgreich selbstständig tätig. Zuerst mit einem Handwerksunternehmen dann mit einer Werbeagentur und einem Reisebüro. Warum die Plätze *an der Sonne* nie von Dauer waren, lag an seiner Unbeständigkeit. Wenn er eine Firma erst einmal etabliert hatte, verlor er das Interesse. Das tägliche, sich wiederholende Einerlei langweilte ihn. Diese Einstellung rächte sich in kürzester Zeit und die Unternehmen rutschten durch sein fehlendes Engagement in die Pleite. Mein Vater gründete immer wieder neue Firmen und baute sie erfolgreich auf. Bis zum voraussehbaren Ende. Wie in der Sage von Sisyphos, der zur Strafe einen Felsblock auf ewig einen Berg hinaufwälzen muss, der, fast am Gipfel, jedes Mal wieder in das Tal rollt.

Leider änderte Vaddern sein Verhalten nicht oder er konnte es nicht ändern. Die Geschehnisse wiederholten sich für ihn. Trotzdem fing er immer wieder von vorne an. Besonders reizten ihn dabei die Aufgaben, an denen Andere gescheitert waren. Oder aus Vernunftsgründen sich nicht weiter damit beschäftigten.

Erschwerend kam hinzu, dass es sich um Branchen handelte, von denen mein Vater oftmals keinen blassen Schimmer besaß. 1975 gründete er einen Malerhandwerksbetrieb. Obwohl er nur, als

„fachliche" Voraussetzung ein halbes Jahr auf der Nordseeinsel Norderney an einem Hotel die Fassaden gestrichen hatte. Es war der Freund seiner Mutter, der meinte, mit einem Malerbetrieb könne man gutes Geld verdienen. Also gründete Vaddern einen Malereibetrieb mit 250 Mark in der Tasche. Was für ein Leichtsinn. Wie unverschämt wagemutig, wie dreist und naiv er als junger Mensch doch war.

Aber seine Waghalsigkeit wurde belohnt. Nach einem Jahr beschäftigte er bereits 10 Gesellen, einen Meister und eine Angestellte. Doch nach 4 Jahren war Schluss damit. Mit der nächsten Gründung, einer Agentur, verlief es ähnlich. Nachdem er bei einer Bremer Werbeagentur nach 11 Monaten gekündigt hatte, weil es der Firma wirtschaftlich desaströs ging. Die Schecks kamen immer öfter uneingelöst zurück. Durch einen Zufall lernte Vaddern in einer Szenekneipe einen freundlichen Menschen kennen, mit dem er Schach spielte. Harvey hieß der und besaß, zusammen mit einem Geschäftspartner eine Spedition. Mit der betrieben sie einen lukrativen Transport von Wolle aus Italien nach Norddeutschland.

Harvey war ein angenehmer Zeitgenosse. Nicht nur, weil er schlecht Schach spielte; sodass Vaddern wenigstens dabei ein Erfolgserlebnis bekam. Denn, beruflich klappte bei meinem Vater damals nichts und das wenige Geld, das er besaß, neigte sich dem Ende zu.

„Warum hast du denn bei dem Rüller aufgehört", fragte ihn Harvey eines Tages.

Sie saßen mal wieder am Schachbrett in der gemütlichen

Eckkneipe Schalander zusammen.

„Harvey, der Rüller wird in ein paar Wochen pleite sein. Da will ich doch nicht mit den ehemaligen Kollegen beim Arbeitsamt im Wettstreit um einen neuen Job anstehen."

„Das versteh´ ich. Wieso denn Arbeitsamt? Du hast mir erzählt, dass du früher selbstständig warst. Fang´ doch noch mal von vorne an."

„Gute Idee **Harvey***. Das, was der Rüller mit seiner Werbeagentur vollbracht hat, krieg ich auch noch hin. Ich konnte mir vieles in den Monaten bei denen abgucken. Leider habe ich weder Geld noch ein Büro. Ergo - nix is mit eigener Firma."*

„Einen leeren Büroraum kannst du bei uns nutzen. Und einen Schreibtisch mit Telefon würden wir dir reinstellen. Dein Telefonaufkommen lesen wir dann am Zählwerk ab. Die Telefonkosten, das ist klar, müsstest du uns erstatten. Sonst mault mein Partner. Also Klaus, komm´ nächste Woche bei uns vorbei. Unsere Spedition FESCH findest du am Deich. Direkt an der Weser, bei Jacobs-Suchard gleich um die Ecke. Schild am Hauseingang. nicht zu verfehlen, Ok?"

Vater war sprachlos über das Angebot. Was für ein Glücksfall: *„Harvey, ist das dein Ernst?"*, schaute er ihn ungläubig an.

„Na klar, du bist doch gut drauf, bei uns kommst du bestimmt wieder auf die Beine."

„Danke Harvey. Das nehm´ ich sofort an. Gleich am Montag um 10 Uhr bin ich bei euch, passt dir das?"

„Na klar. Aber du musst dich dann natürlich auf deinen neuen Job konzentrieren. Nicht so gedankenlos sein, wie hier beim Schachspiel. Du bist jetzt nämlich matt mein Lieber!"

Tatsächlich. Harvey hatte Vaddern mattgesetzt. Am Schachbrett und mit seinem großzügigen Angebot.

Das ist lange her und wirtschaftlich, nach ein paar Jahren, elendig ausgegangen. Wie seine Unternehmungen zuvor. Nun steht mein Vater wieder einmal am Anfang. Mit nichts und ohne jegliche Kenntnisse, wie ein neues Produkt in den Markt eingeführt wird. Weder verfügt er über eine Ausbildung als Kaufmann, noch hat er Kontakte zu Handelsunternehmen. Ebenso sind ihm das Prozedere einer Produktlistung im Handel nicht vertraut. Ob es dieses mal was wird? Dass sich die kleine GmbH mit den Kleinverkäufen über Wasser hält, daran glaubt mein Vater nicht mehr.

Gleich morgen wird er bei *Oschude* anrufen, die sitzen in Nehmen. Da braucht man kein Auto, um dort hinzukommen. Kautz ist zwar stolzer Besitzer eines alten CMWs, aber nicht selten fehlt dem Fahrzeug der nötige Treibstoff im Tank.

„Guten Morgen, mein Name ist Schmidt, von der Firma Sodastream in Schelmenhorst. Ich hätte gerne jemanden gesprochen, der für den Einkauf zuständig ist."

„Und wen denn bitte?", kommt die Frage der Telefonisten von der Kaffeefirma zurück.

„*Na, den Leiter der Abteilung*", gibt Vaddern keck zur Antwort.

„*Moment, ich verbinde sie mit dem Assistenten, von Herrn Dr. Lindes*", hört mein Vater sie gemessen, keinen Widerspruch duldend, sagen.

Das fängt nicht vielversprechend an. Mit einem Assistenten soll er sich zufriedengeben. Nicht das mein Vater überheblich ist, aber meistens zeigen diese jungen Leute wenig Interesse oder verstehen ihn nicht.

„*Michels*", unterbricht die Stimme seine Gedanken.

„*Oh, guten Tag. Schmidt von der Firma Sodastream in Schelmenhorst. Wir haben ein neues Produkt, das wir ihrem Unternehmen offerieren möchten.*", hört mein Vater sich sagen und empfindet seine Wortwahl als ausgesprochen gelungen.

„*Sie wollen uns was verkaufen?*", stellt sein Gegenüber am Telefon kurz und knapp fest.

„*Ja ich. Ich meine wir. Also wir, die Firma Sodastream. Nein es geht ja eigentlich um den GEMINI ...*"
Oh Gott; was für ein Gestottere.

Und da wird mein Vater auch schon von der Gegenstimme unterbrochen: „*Schicken sie mir ihr Angebot zu, unsere Adresse haben sie ja. Guten Tag.*"

Da hockt Vaddern überrumpelt an seinem *Eurotisch* und hält den toten Hörer in der Hand. Das, mein lieber Vater, war gar nichts.

So kommst du nie voran, mit solch einem Gestammel und Gewürge. Zum Glück bekommen die beiden Inhaber, die vorne im „Hauptbüro" sitzen, von seinen Telefonaten nichts mit. Da ist der rote Puff-Samtvorhang vor. Andernfalls würde sich ihre Einschätzung über die Fähigkeiten meines Vaters schnell ändern.

Frau Selz wird seine Rettung sein. Überhaupt - dieses elende Telefonieren. Oftmals findet er nicht die richtigen Worte. Da macht er dann mehr kaputt, als es ihm lieb ist. Schreiben wird die Alternative sein. Frau Selz hat Erfahrung darin. Sie wird die Briefe verständlich und ohne Rechtschreibfehler formulieren. Außerdem beherrscht sie die Kurzschrift Steno. Vaddern schiebt den Samtvorhang zur Seite und geht nach nebenan, auf ihren Schreibtisch zu.

„Frau Selz, können wir in 10 Minuten ein Schreiben an die Firma Oschude aufsetzen?"

„Kein Problem Herr Schmidt, ich komme gleich rüber", lächelt sie ihm zu.

Sogleich fühlt sich Vaddern besser. Frau Selz ist nicht so *cool* wie der Kerl von der Kaffeefirma. Das tut gut. Nach dem Diktat nimmt mein Vater die Telefonliste zur Hand und nimmt seine Akquisetätigkeit wieder auf. Er wählt die nächste Rufnummer.

„.... ja aber das Gerät ist neu auf dem deutschen Markt. Das ist doch wirklich was für Waldo!"
Einkäufer: *„Rufen sie mich wieder an, wenn sie 100.000 von den Geräten im Handel abgesetzt haben - auf Wiederhören."*

Wieder nichts - egal. Ein weiterer Versuch: *„Spreche ich mit dem Einkauf von Hanselman?"*

„Ja, was wollen sie?"

„Mein Name ist Schmidt von der Firma Sodastream in Schelmenhorst. Ich möchte Ihnen unseren Wassersprudler vorstellen und hätte gerne einen Besuchstermin bei ..."

„Schicken sie uns ein bemustertes Angebot Herr Schmidt. Sie hören dann von uns - falls wir interessiert sind."

„Aufgelegt! Verdammte Sch ... – weiter im Text."

„Guten Tag. Schmidt von der Firma Sodastream. Wir vertreiben einen Wassersprudler aus England, von der Mutterfirma Cadbury-Schweppes. Das Gerät ist in vielen europäischen Ländern ein Riesenerfolg. Die Firma Wisel hat die einmalige Gelegenheit ..."

Telefonistin: *„Wer spricht da bitte? Hier ist die Rezeption der Wisel-Stiftung. Mit wem möchten sie verbunden werden?"*

„Mit dem EINKÄUFER für Küchengeräte, bitte sehr."
„Ich bedaure, sie sind hier nicht bei der Warenhausgruppe. Hier ist die Wisel-STIFTUNG. Wen darf ich bitte melden?"

„Ach so – ein Missverständnis. Hat sich erledigt."

Vater gibt aber immer noch nicht auf.

„Ist dort die Firma Bibo?"

„Ja, hier ist die Zentrale von Bibo, mein Name ist Burg. Was kann ich für sie tun?"

„Können Sie mich bitte zu dem Einkäufer für den Non-Food- Bereich durchstellen?"

Es dauert eine Weile, dann meldet sich eine männlich jugendhafte Stimme: *„Klausmeyer - mit wem spreche ich?"*

„Schmidt ist mein Name – Herr Meyer. Die Firma Sodastream möchte dem Hause Bibo eine Weltneuheit offerieren und da hätte ich gerne mit dem zuständigen Einkäufer gesprochen."

„Ich heiße Klausmeyer! Der Herr Dries ist die nächsten drei Wochen im Urlaub. Sie können mir schreiben. Ich gebe ihnen mal meine ..."

„Danke – brauche ich nicht. Ich rufe in drei Wochen wieder an. Auf Wiederhören", schnauft Vaddern in den Hörer und schmeißt Selbigen auf die Gabel.
„Guten Tag junge Frau. Bin ich richtig – beim Risotto -Versand?"

„Ja, junger Mann, hier ist der Risotto -Versand, Frau Schlange. Danke für die junge Frau - ich bin 48."

„Ihre Stimme straft sie Lügen. Außerdem ist 48 kein Alter. Liebe Frau Schlange, kann ich den Einkauf für Küchengeräte sprechen?"

„Moment - ich schau mal nach, ob Herr Gernhard telefoniert. Nein er ist frei – wen darf ich melden?"

„Schmidt von der Firma Soda ..."

„Gernhard"

„Moin. Mein Name ist Schmidt von der Firma Sodastream in Schelmenhorst. Wir haben den Alleinvertrieb für einen Trink-Wassersprudler, welcher in den letzten Jahren seinen Siegeszug in einigen europäischen Ländern angetreten ist. Mit dem Gemini kann der Endverbraucher Mineralwasser, Cola und Limonaden herstellen. Das Küchengerät ist eine patentierte Erfindung der Cadbury-Schweppes-Company in England."

„Mineralwasser und Cola selbst herstellen? Jetzt haben sie mich neugierig gemacht Herr Schmidt. Schicken sie mir ein Muster- gerät zu. Unsere Adresse haben Sie ja, oder? Abteilung EG12 - dann kommt es direkt zu mir und ich schau es mir an."

In diesem Moment ertönt äußerst laut die WC-Spülung und Allex Könner erscheint, mal wieder, grinsend in der Toilettentür.

„Sehr gerne Herr Gernhard. Gleich morgen früh geht ein Gemini zum

Risotto -Versand. Haben sie vielen Dank für Ihr Interesse, auf Wiederhören."

„Herr Könner! Das geht doch wohl gar nicht! Ich telefoniere hier mit dem Risotto -Versand während sie das WC benutzen. Der Einkäufer hat die Spülung mit Sicherheit gehört. Der muss ja glauben, ich telefoniere aus der Toilette. Ein Irrenhaus ist das hier. Das tue ich mir nicht an. Da ist die Adresse vom Risotto -Versand. Die kriegen ein Mustergerät mit Zubehör. Bis morgen früh dann - im Scheißbüro!"

Obdachlos

Unsere Mutter sitzt im Wohnzimmer und schenkt Tee ein: *„Wie geht es dir, Klaus? Was bedeutet dein Besuch?"*

„Birgitta, ich habe Probleme. Aber erst einmal schenke ich dir ein Küchengerät – hier."

„Was ist den das? Eine Kaffeemaschine? Toll, die kann ich gebrauchen. Meine Alte hat den Dienst versagt."

„Nein, keine Kaffeemaschine. Etwas viel Besseres. Mit der brauchst du nie mehr schwere Getränkeflaschen schleppen. Und du hast kein Leergut rumstehen. Ab heute machst du dir dein Mineralwasser selbst. Mit Leitungswasser aus dem Wasserhahn an der Wand!"

„Klaus du weißt doch, dass ich wegen der Kohlensäure kein Mineralwasser trinke. Da krieg ich sofort Bauchgrummeln."

„Ja ja – ich weiß. Aber was ist mit de Jungs?"

„Die trinken nur Limonaden – leider."

„Auch das macht unserer Drinkmaker. Ihr könnt Konzentrate in verschiedenen Geschmacksrichtungen zugeben – sogar Cola ist dabei."

„Paul, komm her und schau dir die Getränkemaschine an, die dein Vater uns mitgebracht hat."

„Dad - wie funktioniert denn das Teil?"

„Paul, ich möchte wissen, ob die Bedienungsanleitung verständlich ist. Daher bitte ich dich, das Gerät auszupacken und in Betrieb zu nehmen. Mit achtzehn dürfte das kein Problem für dich sein."

„Ich will auch probieren", melde ich mich.

„Hatrick, ich fotografiere dich nachher mit dem Wassersprudler drauf. Das Foto kommt dann in unser Prospekt. Damit jeder die kinderleichte Bedienung erkennt. Außerdem verfügt das Gerät über eine Kindersicherheitstür – sicher ist sicher."

Während wir Jungens das Gerät auspacken und die Anleitung studieren, erzählt Vater von seinem Problem.

„Birgitta ich brauche deine Hilfe. Kautz zahlt mir kein Honorar mehr. Die Firma ist pleite. Ich habe die Kündigung meiner Wohnung erhalten, weil ich die Mieten im Rückstand bin."

„Und da kommst du ausgerechnet zu mir? Ich jongliere doch selbst am Abgrund; mit dem Wenigen, das ich zur Verfügung habe. Zumal du für Paul seit Jahren keinen Unterhalt zahlst. Du bist ausgesprochen unverfroren, mich nach Geld zu fragen."

„Nein kein Geld.", beschwichtigt Vaddern unsere Mutter, *„Ich weiß ja, dass Du nichts hast. Ich dachte eher an wohnen. Ich bin sonst obdachlos. Für zwei, drei Monate bei euch - nicht länger. Bis ich wieder was Eigenes gefunden habe."*

„Obdachlos, wohnen? Hier bei uns? Das geht nicht."

„Wieso nicht? Hast Du einen neuen Freund?"

„Nein, das nicht, was werden unsere Söhne dazu sagen?"

„Erzähle ihnen irgendetwas. Da fällt Dir schon was ein. Ich steh´ sonst auf der Straße. Birgitta bitte."

„Ich werde darüber nachdenken. Warum will eigentlich niemand euren Wassersprudler? Macht ihr keine Werbung? Was ist denn mit Fernsehen?"

„Fernsehwerbung kostet zig Tausende – für ein paar Sekunden. Das hat die Firma nicht. Wir sind eine Klitsche. Die haben nicht einmal Geld, um mich zu bezahlen."

„Du verstehst nicht. Ich meine doch unbezahlte Werbung. Sprich mal die Redaktion von der „Machs dir selbst" beim GBE an. Die bringen immer Neuheiten und umweltschonende Produkte in ihren Sendungen. Vielleicht zeigen sie euren Wassersprudler auch einmal in einer Sendung."

„Keine schlechte Idee. Ich glaube zwar nicht dran. wird ´s aber morgen in Angriff nehmen."

„Klaus - lass uns eine Runde Scrabble spielen – wie früher. Das wird dich auf andere Gedanken bringen."

Muddern holt das Spiel und beide bilden, in einer Art Kreuzworträtsel, abwechselnd Buchstaben zu Worte.

„Was sind denn das für Begriffe, die du da legst? Ärger, Absage, nervös, Panik, scheitern! Alle negativ besetzt. Das gibt deinen

derzeitigen Gemütszustand wieder, wie? Erzähl mir lieber mal, wie du mit den beiden Chefs zurechtkommst."

„Hör auf, von CHEFS zu reden. Die haben keinen blassen Schimmer. Peter ist nur an Geld interessiert. Aber ich glaube, sein wahres Bedürfnis ist die erste Geige zu spielen - wie damals in dem Orchester."

„Geige? Ich denke, er ist Posaunist. Und was ist mit dem Körner, dem anderen?"

„Könner, Birg – nicht Körner. Er trinkt gern einen, er heißt aber nicht so."

„Ist der auch nur auf Geld aus?"

„Ich vermute, der sucht nach Anerkennung für seine Arbeit. Die bekommt er nur nicht. Schon gar nicht von Peter Kautz. Der ist zu sehr mit sich selbst beschäftigt."

„Und was ist Deine Motivation, bei denen mitzumachen? Ohne Bezahlung? Und erzähl mir jetzt nicht wieder, du suchst ein heiles Familienleben. Die Chance hast du vertan."

„Ich habe nie finanziell unsere kleine Familie über Wasser halten können. Toll, wenn es mir diesmal gelänge, wirtschaftlich zu gesunden. Jetzt, wo ich keine Familie mehr habe."

„Klaus! Du hast mehrmals die Möglichkeit gehabt. Das Leben hält nicht eine Chance nach der anderen für dich parat. Die darfst du nicht leichtfertig verspielen. Das Schicksal war dir immer wohl gesonnen."

„Ja ja. Schon gut. Hör´ bitte auf damit. Sag mir lieber, ob du mir hilfst.“

„Ja, dieses eine Mal noch. Im Rahmen meiner Möglichkeiten.“

Vaddern umarmt unsere sich sträubende Mutter und macht, bevor er wieder geht, ein Foto von mir mit dem Sprudler.

Pakete bei der Post

Nebenan wird telefoniert und telefoniert. Ick schieb' den Puffvorhang beiseite und frach ihm: *„Wie steht et Klaus, jehts voran?"*

„Ich habe mit Hanselman, Tretto, Hefe, Eherda, Wisel und all die anderen Handelsunternehmen telefoniert. Keiner will den Wassersprudler haben. Noch nicht einmal einen Termin geben sie einem."

„Scheiße - dat wars dann. Klaus det wird nischt mehr, jib auf."

„Aufgeben? Das Einzige, was ich aufgebe, sind Pakete bei der Post!"

„Der is jut, der Spruch. Aber hilft uns nich weida, wa. Wenn et nisch so traurij wär', könnt' ma lachen. Wir leb'n schon Wochen von na Hand in Mund. Selbst aus'n Hahn anner Wand kommt nur noch trocknes Wasser, seit de Wasserwerke det abjedreht ham. Nichts jeht mehr. Wie in een paar Taje det Telefon. Een Monat kannste dann aber Telefonate entjejen nehmen, det funzioniert zum Jlück ohne Jeld."

„Mist, grosser Mist. A pro pos Geld - hast Du ein bisschen für diesen Monat?"

„Nee. Ick kann ma selbst nix nehmen und Allex lebt oof Kosten seiner Ollen. Die will ihm bald vor de Tür setzen."

„PETER, ich mache gerne weiter. Nur nicht ohne Bezahlung."

„Du jlobst noch an Erfolg wa? Wir könn´ doch´ n Vertraj ufsetzen. Ick jeb dir von ´n Gewinn meener Firma 10%."

„Nein Peter, so viel will ich gar nicht. Nur 5% - vom Umsatz. Dann hänge ich mich noch mal rein; aber nur mit schriftlichem Vertrag. Von Euch beiden unterschrieben."

„Dat find´ ick fair von dir. Morjen haste den Vertrach aufn Schreibtisch liejen. Handschlaj druff".

„Ok - dann ist für heute erst einmal Feierabend."

Vaddern steht von seinem Eurotisch auf, beugt seinen krummen Rücken mehrmals und verlässt das Büro.

In diesem Moment klopft es an die Eingangstür und die Klinke wird heruntergedrückt. Ein Mann im grauen Überzieher steht im Türrahmen.

„Ist dies hier die Firma Sodastream?"

„Wer sind denn Sie, det se eenfach hier rinnmaschiern und Frajen stellen!"

„Obergerichtsvollzieher Nimmweg. Sind Sie der Geschäftsführer Peter Kautz?"

„Ja – det bin ick."

„Ich habe einen Pfändungs- und Überweisungsbeschluss von der

Deutschen Teleform gegen ihre Firma. Die Forderung beträgt 843,67 DM, können Sie die jetzt begleichen?"

„Nee. Det hamm wa nich."

„Dann muss ich Ihre Portokasse pfänden und weitere Wertgegenstände."

„Haha. De Portokasse könn´ se haben. Da sind fufzich Pfennige drinn. Und Wertjejenstände hamm wa sowieso nich"

„Sie sollten das nicht auf die leichte Schulter nehmen. Die Teleform kann einen Konkursantrag gegen Ihre Firma stellen, wenn sie die Schuld nicht begleichen!"

„Sorry - det war nich so jemeint. Wat könn´ wa tun?"

„Für heute werde ich von Zwangsmaßnahmen absehen. Sie müssen sich aber innerhalb von 3 Tagen mit dem Gläubiger in Verbindung setzen und um Stundung oder Ratenzahlung anfragen. Sonst komme ich wieder!"

„Mach wa Chef – und vielen Dank für den Rat, wa."

Der Vollstrecker verlässt das Büro und Peter und Allex schauen sich betreten an.

Gemini an GBE

„Frau Selz, kennen Sie Jack Eimer?"

„Ja Herr Schmidt, das ist doch der Moderator mit dem Zwiebelbart. Ich glaube die Sendung heißt „do it yourself" oder so."

„Genau, das ist er. Wir schreiben ihn mal an. Die Umweltthemen in den Beiträgen ähneln oftmals denen, die wir als Argumente für den Wassersprudler anführen. Vielleicht können wir erreichen, dass unser SodaStreamer in einer der nächsten Folgen präsentiert wird. Und schicken sie auch ein weiteres Mustergerät an Risotto. Genaue Anschrift liegt auf dem Schreibtisch von Herrn Könner ..."

„Herr Schmidt, was für ein Risotto? Und außerdem. Wir ziehen doch morgen um. Soll ich heute bis nachmittags bleiben?"

„Wie bitte? Wir ziehen um? Davon hat mir niemand etwas gesagt. Sie scherzen Frau Selz."

„Nein, Herr Schmidt. Das ist kein Spaß. Wir haben die fristlose Kündigung bekommen. Wegen der nicht bezahlten Mieten. Fragen sie die beiden Inhaber, wenn sie nachher kommen."

„So so. Tolle Kommunikation. Ich erfahre das zuletzt. Wohin geht es denn mit den sieben Sachen Frau Selz. Auf den Sperrmüll oder wohin wird unser Büro entsorgt?"

„Nein um Gotteswillen. Wir ziehen in die ehemalige Wollkämmerei."

„Wohin?"

„Die Wollkämmerei ist eine ehemalige Fabrik. Die vorhandenen Bauten auf dem Werksgelände sind eines der größten Denkmäler Europas. Und ein bedeutendes Zeugnis historischer Architektur. Auf dem Gelände entsteht ein Stadtteil mit modernen Wohnungen. In Verbindung mit den denkmalgeschützten Gebäuden. Auch das Norddeutsche Museum für Industriekultur befindet sich auf dem weitläufigen Areal von über 26 Hektar."

„Danke für die Aufklärung Frau Selz. Wenigstens landen wir nicht auf der Müllhalde der Geschichte. Ich werd´mal rüber fahren und mir die Räumlichkeiten ansehen. Würden sie mir bitte den Weg dorthin beschreiben?"

Der Steuerberater

kommt kurz nach 20:00 Uhr. Peter und mein Vater warten ungeduldig auf Herrn P. Alexander.

„Guten Abend, bin ich hier richtig?"

Ein schlanker Mittdreißiger. Freundlich lächelndes Gesicht und voller Haarschopf, steht im Büro. Seine dunkelblonden Haare reichen bis auf die Schultern. Und das soll ein Steuerberater sein? Der geht eher als Hippie aus der *Flower-Power–Zeit* durch.

Die drei nehmen ihre Plätze ein und die Firmenunterlagen werden auf den Tisch gelegt. Der Steuermann startet durch.

„Herr Schmidt, sie haben einen Kontakt zu dem Versandhaus Qualle aufgebaut und denen Vorschläge für eine mögliche Zusammenarbeit unterbreitet?"

„Stimmt Herr Alexander. Ich war bei denen und habe meine Ideen für eine Kooperation vorgetragen. Wir möchten unseren GEMINI-Drinkmaker über deren Agenturen vertreiben. Wobei der Nachkauf von Kohlensäure und Getränkekonzentrate, für die QUALLE von großem Interesse ist".

„Ja und weiter bitte. Wie ist das Gespräch ausgegangen?"

„Positiv. Wir bekommen nächste Woche eine Liste aller Adressen der Shops zugeschickt. Die lässt uns „Napoleon" – ich bezeichne ihn so, weil er kaum größer als ein Maulwurf ist und mit wichtiger Miene mit

seinem Zeigestock vor der Wandkarte herumfuchtelte. Dabei hielt er auf einige der über 6.000 Agenturen kurze Erfolgsreferate. Seine Sekretärin wird die Adresslisten von vertraulichen Daten bereinigen, bevor wir die zugeschickt bekommen. Wegen des Datenschutzes und ...“

„Herr Schmidt ist ein Wassersprudler nicht gefährlich, da er unter hohem Druck steht?“

„Beim Aufsprudeln vom Gas in die Wasserflasche entsteht zwar ein Druck bis zu 6 bar. Der Druckgaszylinder selbst, weist aber einen weitaus höheren Druck von etwa 60 bar auf.“

„Aber das ist viel mehr, als meine Autoreifen mit 2,5 bar haben!“

„Das schon, aber es sind diverse Sicherungen in dem Gerät und Zylinder verbaut. Sodass zum Beispiel bei einem entstehenden Überdruck das dünne Metallplättchen im Sicherheitsventil des Zylinders bersten und das Gas (Kohlendioxyd) ausströmen kann.“

„OK - verstanden. Was ist mit der Wasserflasche, wenn da ein Druck von 6 bar draufkommt? Kann einem da die Flasche nicht um die Ohren fliegen? Meinen Sohn würde ich nicht an eine solch gefährliche Maschine lassen!“

„Unser Model GEMINI von Sodastream verfügt über eine Kinder-sicherheitstür. Nur wenn die geschlossen ist, kann der Aufsprudelvorgang gestartet werden. Die Engländer haben mal einen Versuch in einem abgeschlossenen Raum und hinter dicker Acrylglasverkleidung gefilmt. Vorher wurden alle Sicherheitskomponenten außer Kraft gesetzt und dann der

Aufsprudelvorgang ausgelöst. Das Gerät ist daraufhin explodiert. Dabei ist der Wassersprudler heftig in Bewegung gekommen, aber es sind keine Teile herumgeflogen. Es sah eher wie eine Implosion aus, wie sie bei alten Röhrenfernsehern zu sehen ist."

„Na dann bin ich ja beruhigt – nun zurück zum Thema", drängt der Steuergestalter.

Kautz hat die ganze Zeit geschwiegen. Doch nun legt er los und erklärt dem Steuerberater, welche Vorstellungen er hat. Eigentlich ist es ja auch seine Idee, über Deutschland verteilte Warenlager für das jeweilige Postleitzahlengebiet einzurichten. Die Gebiete würden dann von einem Vertragspartner bearbeitet werden. Aufgabe wäre es, den ansässigen Handel zu beliefern oder wenn die nicht mitmachen, die Geräte direkt, aus dem Warenlager heraus, an den Endkunden zu verkaufen. Ebenso sind Haushaltswarenfachgeschäfte eine weitere Zielgruppe. Wo die Inhaberin das Geschäft noch selbst betreibt und motiviert hinter dem Ladentisch steht. Mit dem entsprechenden Engagement könnte dann der Trinkwassersprudler den Kunden vorgeführt werden.

„Unser Problem ist", und dabei wendet sich Vaddern wieder an den Steuerberater, *„Dass wir für die Warenlager Partner suchen und darstellen müssen, dass sich das Geschäft für sie lohnt. Denn wir erwarten den Kauf von Geräten und Zubehör für mindestens 50.000 Mark. Da empfiehlt es sich, denen doch ein paar Zahlen vorzulegen, damit sie Appetit auf eine Zusammenarbeit bekommen."*

„Das wird der richtige Weg sein. Da fangen wir mal mit der Rechnerei an. Was kosten die Geräte, die Konzentrate und das Kohlendioxid? Gebt

ihr Mengenrabatt? Gilt Kohlensäure als Lebensmittel? Dann wäre der niedrigere Umsatzsteuersatz anzusetzen. Wie sind die Einkaufspreise bei euren Lieferanten in England? Habt ihr Zahlungsziel, zieht ihr Skonto, bekommt ihr Rabatte?"

Seine Fragen stürzen nur so auf die beiden ein und mein Vater verweist auf Peter, der in der Materie besser bewandert ist.

Dabei schaut er sehnsüchtig auf die blaue Dose mit den dänischen Keksen, die bis auf ein paar Krümel geleert ist. In dieser armen Firma gibt es nicht mal etwas zu knabbern. Die beiden Peter stecken derweil die Köpfe über die Kostenanalyse zusammen, sodass Vaddern sich in seinem Stuhl rekelnd ausstreckt und zurücklehnt.

Da – was war das? Hat er sich das nur eingebildet oder bewegt sich da etwas auf dem linken Schuh des Steuerberaters? Da ist es wieder. Das gibts nicht. Eine Maus, es ist eine Maus! Eine kleine, graue, niedliche Feldmaus oder in diesem Falle eher eine Hausmaus! Sie wuselt um den Schuh herum und ermaust sich, die vom Tisch heruntergefallenen Kekskrümel zu vertilgen. Der Steuerberater hat sie nicht mal bemerkt, so intensiv ist er in seine Arbeit vertieft.

„Herr Alexander eine Maus! Da auf ihrem Schuh", ruft Vaddern amüsiert, denn Mäuse ängstigen ihn nicht. Höchstens jene die er nicht hat, wenn er etwas bezahlen muss.

Irritiert schaut der Steuerberater auf: *„Wo, Herr Schmidt?"*

„Da, da rennt sie. Am Fenster. Da läuft sie. Und dort is ja noch eine.

Peter, wir haben Mäuse im Büro!"

Es ist ein unauffälliges, flaschenhalskleines Loch in der Dielenleiste, aus dem die zweite Maus herausschaut. Aber nur für einen Augenblick. Schwuppdiwupp, sind beide darin verschwunden.

„Das sind die Mäuse des Steuerberaters", wirft mein Vater ein, worauf bis auf diesen, alle lachen.

Herr Alexander schaut auf seine Uhr und rafft die Unterlagen zusammen. Er nimmt alles mit; bis auf die Mäuse. Es ist das letzte Mal, dass der Steuerberater für seine Arbeit keine „Mäuse" bekommt.

Sekretärin

Telefonat von Schelmenhorst zum GBE.

„Ist dort der GBE?"

„Hier ist der GBE - Redaktion Do it yourself. Mein Name ist Hildegard Scheel. Was kann ich für sie tun?"

„Guten Tag Frau Scheel. Firma Sodastream Schmidt, ich wollte sie ..."

„Och se sein 's allt widder! Här Schmidt - han Isch Ihnen net jesaat, dat se sich jedore müsse? Isch han em Moment kein Zick för se. Dodran ändere ihre wiederholten Anrufe och nix!"

„Einen Augenblick Frau Scheel, bitte legen sie nicht auf. Ich möchte Ihnen einen Vorschlag unterbreiten."

„Här Schmitz se wesse endoch, dat m'r beim GBE e Rechtsabteilung han? Ihre wöchentlichen, ija fast täglichen Anrufe, störe unseren Betriebsablauf. Esu jeht dat net!"

„Ich weiß Frau Scheel. Sie haben ja recht. Ich möchte doch nur, dass sich der Herr Eimer unseren Wassersprudler einmal anschaut, oder haben sie ihn schon entsorgt?"

„Bei m'r weed nix un nimmes entsorgt Här Schmitz! Es ehr Gerät en enem großen, jäle Karton met ener Küchenmaschine dodrop abgebildet?"

„Ja Frau Scheel, das ist unser Wassersprudler, den ich ihnen vor

Wochen zugesandt hatte."

„D'r steiht em Nebenraum bei däm anderen Zeug, Wat m'r jede Dach neu zugeschickt krijje. D'r Moderator Jack Eimer es baschtich beschäftigt un hät kein Zick, sich dat Gerät anzusehen. Kapeere se dat endlich! Un bälke se net mieh aan!"

Vaddern versteht nur Bahnhof. Was ist denn das für eine Sprache. Da begreift er ja noch eher die Texte von BAP. Wahrscheinlich will sie ihn provozieren und loswerden. Verdammt, jetzt hängt sie ein - befürchtet mein Vater und überlegt sekundenschnell, wie er das verhindern kann. Es ist die letzte Chance. Bei seinem nächsten Anruf würde sie nicht mehr mit ihm reden und sofort auflegen, oder die Rechtsabteilung informieren. Er musste alles auf eine Karte setzen. Jetzt gilt es, die richtigen Worte zu finden.

„Frau Scheel, sind sie noch da?"

„Wat jit Et dann noch? Et es all jesaat worden, Wat ze sagen es."

„Frau Scheel, ich mache jetzt mal einen Vorschlag, der ihnen gefallen wird. Ich verspreche sie nie mehr anzurufen, wenn sie dafür das Gerät mal aus dem Karton nehmen und anschauen?"

„Watt sull isch, dat Gerät auspacken un se verhaspele em Gegenzug, mich nie mieh am telefonisch ze molesteere un der Anrufe einzustellen?"

„Ja, Frau Scheel, das verspreche ich Ihnen. Ich möchte doch nur, dass das Gerät wenigstens mal ausgepackt wird."

„Na jut, isch maach et."

Vaddern hört, wie sie sich in den Nebenraum begibt und kurz darauf mit dem Karton wieder zurückkommt. Das Rascheln sagt ihm, dass sie das Gerät auspackt. Hoffentlich kommt jetzt niemand in ihr Zimmer und stört sie, das würde alles zunichtemachen.

„Dat sueht us wie e Kaffeemaschin - un no Här Schmitz?"

„Am besten ist es, wenn sie in die beiliegende Kunststoffflasche Trinkwasser einfüllen Frau Scheel. So bis zur oberen Markierung, sehen sie die?"

„Wasser? Isch hab he nor Blumenwasser."

„Nein, bitte nicht. Nehmen sie bitte frisches Wasser aus der Leitung. Nur die kleine Flasche füllen. Sie müssen ja nicht gleich eine ganze Eimer mit Wasser ranschleppen. Haben sie einen Waschraum auf der Etage - Frau Scheel?"

„Här Schmitz! Se strapazieren ming Jedold bes op ´s Äußerste."

„Verstehe Frau Scheel. Jetzt warte ich erst einmal am Hörer, bis sie Wasser zur Verfügung haben."

„Dat kann ävver ein Wiel dore. Uns Waschraum litt am Eng des Flures."

„Kein Problem, liebe Frau Scheel. Danke dass Sie sich die kleine Mühe

machen - ich warte."

Frau Scheel verlässt ihr Büro und legt den Telefonhörer daneben. Uff, das ist schon mal geschafft – nicht aufgelegt. Ein äußerst schwieriges Unterfangen. Sie ist voll abgenervt - das ist klar. Aber hat mein Vater etwas zu verlieren? Der Sprudler steht wochenlang bei der Sekretärin herum und nichts geschieht.

Dabei ist das Gerät nicht nur umweltverträglich, es ist sogar umweltschonend. Das wurde vom Bundesumweltminister Klaus Töpfer, das ist der, der medienträchtig im Rhein badete, schriftlich bestätigt. Wortwörtlich heißt es in dem offiziellen Schreiben: *„... ist Ihr Produkt unter dem Aspekt der Abfallvermeidung und Ressourcenschonung als vorbildlich zu bezeichnen!"*

Dieses Schreiben, das mein Vater dem GEMINI beigelegt hat, scheint die Redaktion des GBE wenig beeindruckt zu haben. Wie auch, haben sie nicht einmal den Karton ausgepackt und eine Reaktion war in der verstrichenen Zeit nicht erfolgt. Da blieb Vaddern doch nur; mehrmals in der Woche nachzufragen. Was aber auf Dauer bei der Redaktion nicht gut ankommt. Heute wird alles anders werden. Der Karton ist ausgepackt und die Sekretärin setzt sich wieder an ihren Schreibtisch.

„Här Schmitz, Isch han Wasser. Un wie jeht's wigger?"

„Prima, Frau Scheel. Ich heiße übrigens SCHMIDT - nicht Schmitz! Nun nehmen sie bitte die gefüllte Flasche in die rechte Hand und halten dabei das Gerät mit ihrer linken Hand fest. Drehen sie die Flasche mit einer viertel Umdrehung nach rechts in den Bajonettverschluss. Achten sie bitte darauf, dass sie beim Eindrehen der Flasche gleichzeitig etwas

Druck nach oben, gegen den Verschluss ausüben. Haben sie 's Frau Scheel?"

„Moment, direktemang. Isch glaub, esu jeht 's, ija isch hab Et. Der Fläsch es eingeschraubt."

„Und nun Frau Scheel, schließen sie bitte die Tür."

„Der Döör es ze."

„Sehr schön. Drücken sie jetzt mehrmals kräftig auf den runden Knopf, der sich oben auf dem Gerät befindet."

„Hab´ Isch."

„Wie, hab ich? Es ist ja nichts zu hören. Haben sie wirklich den Knopf gedrückt Frau Scheel?"

„Wann isch Et endoch sage. Isch werd´ ija wal noch ein Knauf jenknuutsch künn. Wat sull mer dann dobei hüre künn, wann d'r Knauf gedrückt weed?"

„Ein Zischen Frau Scheel. Ein lautes vernehmliches Zischen ist zu hören, welches die in das Wasser einströmende Kohlensäure verursacht. Ich habe aber nichts dergleichen gehört."

„Isch och net, Här Schmitz. Verleech es ehr Gerät defekt?"

„Nein Frau Scheel. Das kann nicht sein. Das Gerät ist nagelneu und getestet worden. Haben sie denn auch die Tür geschlossen Frau Scheel?"

„Wann Isch Et ihnen endoch sage, Här Schmitz. Der Döör han isch allt vorhin geschlossen. Jlauve se, isch möch dat ming Kolleginnen sich över mich totlachen, wann isch dieses alberne Gerät ausprobiere?"

„Wie bitte? Welche Tür haben sie geschlossen? Sprechen sie etwa von ihrer Bürotür?"

„Ija dröcklich."

„Aber ich meine doch die Tür an unserem Gerät liebe Frau Scheel, die durchsichtige Sicherheitstür. Nicht ihre Bürotür. Die ist mir völlig egal, ob die aufsteht oder nicht!"

„Här Schmitz, der Dinge maach mr kein Vermaach mieh. Isch han och net länger Zick för de Albernheiten ...!"

Oh je, das war zu dreist von Vaddern; das mit der Tür.

„Entschuldigung Frau Scheel, mein Versäumnis. Nun sind wir schon so weit, noch 1 Minute. Wir haben´s gleich - bitte!"

Und während mein Vater sie beschwört, die telefonische „Fernbedienung" nicht abzubrechen, hört er das herbeigesehnte, laut vernehmliche Zischen. Nur unterbrochen von einem Aufschrei.

„Huch!"

„Hurra, sie haben es geschafft. Erneut drücken, Frau Scheel. Aber etwas länger bitte. Und keine Angst vor dem Zischen, das ist die überschüssige Kohlensäure - das Gerät explodiert nicht!"

62

Es zischt und zischt und hört nicht auf zu zischen.

*„Schön Frau Scheel es reicht. Es **reicht** FRAU SCHEEL! Gemeinsam haben wir es bis hierher geschafft. Jetzt drücken sie bitte auf den seitlichen kleinen Hebel. Damit sich die Tür wieder öffnet und sie die Flasche mit dem fertigen Getränk herausnehmen können."*

„Isch öffne jetz der Döör."

Dass der kleine Hebel von Frau Scheel gefunden wurde, hört man am erneuten Zischen und ihrem, erheblich leiser, erschrockenem – *„Huch."*

„Sie haben wieder das Zischen gehört, Frau Scheel. Dieses Geräusch besagt, dass überschüssige Kohlensäure austritt. Das ist völlig ungefährlich."

„Dat Wasser sprudelt ävver bletzich Här Schmitz. Wie en ener Fläsch Mineralwasser."

„Das soll es ja auch. Genau das ist Zweck des Gerätes. Vor ihnen steht jetzt normales frisches Trinkwasser mit Kohlensäure versetzt, und nun - trinken sie bitte!"

„Wie? isch sull dat Wasser drinke?"

„Natürlich liebe Frau Scheel, ich selbst komme ja nicht an das Glas heran, ich bin etwas zu weit entfernt, haha."

„Dat is endoch Wasser ussem Rhing. Isch drink endoch ke Wasser ussem Rhing."

Sie hat ja Recht, die Gute. Die Wasserwerke speisen tatsächlich Uferfiltrat des Flusses in das Wassernetz ein. Schöne Bescherung - was macht Vater nun. Er muss sie dazu bringen, das aufgesprudelte Wasser zu trinken, auch wenn sie sich noch so sträubt. Wie kann er sie von ihren Bedenken nur abbringen?

„Frau Scheel, mögen sie Becks Bier?"

„Kenn isch net. Leeven 'n lecker Kölsch, dat is Wat."

„Stimmt Frau Scheel. Das trinke ich auch immer, auf der Kölner Messe. Das Kölsch ist lecker. Obwohl Wasser drin ist. Und es schmeckt überhaupt nicht nach dem Rhein, so rein ist es, das Kölsch."

Pause!

„Se han jewonne, se Tünnes. Isch probier's ens.

Ah, dat schmeckt ävver jood. Dat schmeckt ija wie dat Jeröllsteiner Mineralwasser, esu schmeckt Et. Do ben isch ävver angenehm perplex Här Schmitz. Dat dat esu jood schmeckt. Do hab isch nich gedaach. Dat werd' isch direktemang morje ens däm Moderator vorführen."

„Tun sie das, liebe Frau Scheel, tun sie das, und alles Gute für sie. Und vielen Dank nochmals, dass sie das alles so toll mitgemacht haben. Auf Wiederhören Frau Scheel."

Die Sekretärin darauf halb lachend, halb verzweifelt: *„Nä nä, bitte nor dat net noch eenmol. Net wiederhören. Se han mr endoch versproche, net widder anzurufen."*

Kaufhaus

„Bringen sie mich bitte zu Herrn Brauer. Ich habe einen Termin bei ihm", spricht mein Vater die nächststehende   Verkäuferin an.

„Wer ...? Ach der Herr Selz ist wieder da. Der Sprudler aus dem hohen Norden – stimmts?"

„Ja Herr Brauer, der Wassersprudler aus Schelmenhorst. Ich grüße sie."

„Na was haben sie mir denn heute mitgebracht? Außer dem bunten Flyer - für die Kunden."

„Hier ist das Angebot für Sie Herr Brauer", legt mein Vater die Excel-Kalkulation auf den Schreibtisch.

Nach kurzem Überfliegen des Papieres springt Herr Brauer wie von einer Wespe gestochen von seinem Stuhl hoch: *„Was ist dass denn? Eine Marge bei den Geräten und der Kohlensäure von nur 8 Prozent? Wollen sie mich auf den Arm nehmen?"*

Erschrocken ob der Heftigkeit des Ausbruchs stottert Vaddern leise: *„Ja Herr Brauer. Leider geben unsere Einkaufspreise in England nicht mehr her."*

„Und mit solch einem Angebot trauen sie sich noch hierher? Eine Zumutung - eine Unverschämtheit ist das. Ich sollte sie vor die Tür setzen."

„Bitte - Herr Brauer. Bedenken sie doch die 100-prozentige Kunden-bindung bei diesem Geschäft. Jeder Kunde, der den Wassersprudler

nutzt, muss seine Kohlensäurenachfüllung im Kaufhaus BRAUER kaufen. Kein Händler, auch nicht Karstadt, kann unsere Geräte und das Zubehör in der Stadt verkaufen." „Aha. Ich hätte dann exklusiv die Produkte in unserer Stadt?"

„Genau Herr Brauer – nur sie allein – auf weiter Flur!"

„Herr Schmitz, ich habe keine nun Zeit mehr. Schicken sie mir eine Palette mit Geräten. Sollte ich die nicht verkaufen können, bekommt ihr sie zurück! Wiedersehen Herr Schmitz."

Hausbank

Peter steht am Bankschalter. Ein junger Bankspund kommt.

„Juten Tach, ick möcht' von unsern Konto fufzich Mark abhem, wa. Hier is meene Karte.“

Der Clerk verschwindet hinter einer Trennwand und kommt wenige Augenblicke später zurück.

„Ich bedaure Herr Kautz, das Konto ist am Limit. Eine weitere Überziehung darf ich nicht gewähren.“

„Ick wees, aber et jeht doch nur um fufzich Mark. Für Paketporto; Musterjeräte. Die woll'n wa annen Handel schicken, wa. Dann looft det Jeschäft, wieda.“

„Tut mir leid, aber ich habe meine Anweisungen.“

„Watt? Du jibst ma nix? Steck' da dene Anweisungen sonst wohin - det is ne Scheißbank hier!“ Jrußlos auf flinke Beene valasse ick die Banke. Vor de Türe wartet meene Kleene und schaut mir frajend an. Sie sieht ma an, dat dat nix war.

„Die spinnen wohl, jetzt geh'ich da mal rein!“

Petra betritt mit festem Gang die Schalterhalle und fragt den nächsten Mitarbeiter nach dem Filialleiter GISELHER. Der kommt auf sie zu und bittet in sein Besprechungszimmer.

„Guten Tag liebe Frau ... Ein hübsches Kleid haben Sie da an - entzückend. Was darf ich für Sie tun?"

„Danke Herr Giselher. Mein Mann, Peter Kautz – Firma Sodastream, war eben hier und wurde von einem Jüngling belehrt, dass eine Überziehung nicht mehr möglich ist."

„Ich schau grad mal in den Computer. Nun ja - das Limit ist bereits erreicht. An welche Summe haben Sie denn gedacht, meine Liebe?"

„Ich dachte so an 3.000 Mark?"

„Ich genehmige weitere 1.000 Mark. Ist Ihnen damit geholfen?"

„Ja, natürlich. Sehr großzügig, Herr Giselher, danke."

„Schon gut meine Liebe. Wir sollten die Kreditlinie mal neu besprechen. Am besten bei einem Essen. Im Parkhotel laufen zur Zeit französische Wochen. Darf ich Sie dazu einladen?"

„Nur zu gerne, lieber Herr Giselher. Aber in dieser Woche geht es nicht. Ich rufe Sie an. Dann vereinbaren wir einen Termin, ja?"

„Ab morgen Vormittag ist die Krediterweiterung eingerichtet."

Petra verabschiedet sich mit einem Augenaufschlag vom Filialleiter und verlässt die Bank. Über den Parkplatz läuft sie freudestrahlend auf Peter zu.

„Na, wat hat det Arschloch jesagt? Jibt er uns noch n´ 50er´ dat wir Musterjeräte vaschicken können?"

„Morgen kannst du 1.000 abholen."

„Wie – was? Jleich tausend Mark! Jut jemacht Piddi. Is doch ´n feiner Kerl, der Giselher."

„Er hat mich zum Essen ins Parkhotel eingeladen - alleine."

„Ach nee. So ´ne jeile Sau. Dem werd´ ik´s noch mal zeijen - eenes Tajes."

Kapitel 3

Konkurs

Sauwetter - es regnet, wie immer um diese Jahreszeit. Na ja, so ganz stimmt das nicht. Es gibt auch schöne Tage hier oben im Norden. Aber wenn man nicht in bester Stimmung ist, und mein Vater ist nicht in bester Stimmung, dann nervt ein solch ein verregneter Tag schon.

Es klappt im Moment rein gar nichts. Es ist Stillstand. Niemand ruft an. Zumindest nicht die, die wichtig sind. Der Mitinhaber und Geschäftsführer der Firma, Peter Kautz, verkauft die Wassersprudler, so gut es eben geht. Es geht aber nicht gut. Im Moment trotten er und Vaddern über das weitläufige Betriebsgelände nebeneinander her. Sie besprechen Interna nur draußen, damit die Angestellten die Unterhaltung der beiden nicht mitbekommen. Das darf auch bei der Brisanz des Themas nicht geschehen. Denn Peter gibt meinem Vater zu verstehen, dass er die nächsten Tage das Handtuch schmeißen und Konkurs anmelden wird. Der Laden ist mit über 100.000 Mark verschuldet und er sieht kein Land am Horizont.

Die Firma ist vor einem halben Jahr aus dem ersten Domizil rausgeflogen, nachdem sie wieder mal mit der Miete in Rückstand geraten sind. Dann wurden diese Büroräume in der *Nordwolle* bezogen. Das war im 20. Jahrhundert die größte Wollkämmerei Europas. Groß - nein - die ehemalige Kämmerei ist riesig. Das Gelände umfasst über 25 ha. Von den unzähligen Büroräumen in dem historischen Verwaltungsgebäude aus rotem Ziegelstein nutzt Sodastream nur die ersten drei Räume im vorderen Teil des Haupttraktes, gleich über dem Eingang.

Die Gebäude sind mehr als hundert Jahre alt und nach der Schließung dieser größten deutschen Wollkämmerei in den Achtzigerjahren, will die Stadt Schelmenhorst den gesamten Komplex in ein Wohn-und Arbeitsviertel umstrukturieren. Mit Kunst und Kommerz, mit Handwerk und Kultur soll dieser Industriebrache neues Leben eingehaucht werden.

Die Pacht ist günstig und Sodastream Deutschland braucht auch mehr Platz, da mittlerweile 5 Mitarbeiter beschäftigt werden. Trotz der gestiegenen Umsätze ist die Firma weit davon entfernt, Gewinne zu erzielen. Im Gegenteil. Einnahmen müssen für Löhne, Büromöbel, Telefonrechnungen und anderes ausgegeben werden. Zudem verlangen die Engländer bei jeder Bestellung Vorkasse. Da ist der Lieferant Sodastream GB, die Tochterfirma von Cadbury-Schweppes, gnadenlos. Ist das Geld für die Rechnung nicht frühzeitig auf dem Konto der Royal Scotch Bank eingegangen, wird keine Ware verschickt.

Das ist schon ein großes Handikap. Die kleine Firma lebt praktisch von der Hand in den Mund. Rechnungen werden erst nach der dritten Mahnung beglichen. Es werden nur Löcher gestopft und auf Pump gekauft - da wo man ihnen noch Kredit gewährt. Mit Vadderns Einkommen ist ebenfalls kein Auskommen. Manchmal erhält er 300 Mark pro Monat – dann wieder nichts – grad wie der Kassenbestand es hergibt. Die Angestellten bekommen ihr Gehalt auf jeden Fall korrekt und pünktlich. Sonst laufen sie womöglich davon. Den beiden Inhabern der Firma geht es finanziell schlecht. Die jonglieren sich so durch und häufig sind es ihre Frauen, die bei Verwandten ein paar Mark auftreiben, um den eigenen Haushalt zu finanzieren. Oftmals fehlt das Reisegeld um wichtige, oder zumindest mit

Hoffnung verbundene, Besuche bei möglichen Handelskunden durchzuführen. Insofern versteht mein Vater schon, dass Peter das Ganze beenden will.

Der Geschäftsführer einer GmbH setzt sich immer den Vorwurf einer vorsätzlichen Konkursverschleppung aus, wenn er nicht rechtzeitig zum Amtsgericht geht. Er hätte längst bei der derzeitigen Zahlungsunfähigkeit Konkurs anmelden müssen. Nun riskiert er eine Strafverfolgung, da das Delikt mit Geld- oder einer Haftstrafe geahndet wird.

„Peter halte noch 4 Wochen durch. Wir schaffen das, ich glaube fest daran", bittet mein Vater ihn während des regengetränkten Rundgangs über das Areal.

„Klaus, ick kann nich mehr. Das belastet mir. Ick will och nich mehr. Wir kriejen et nich hin".

„Peter, wenn du jetzt hinschmeißt, ist alles verloren. Was sagt denn Allex dazu?"

„Dem hab ick noch nischt jesagt. Er jlobt aber ooch nich mehr an Erfolch, det merk ich ihn an. Er hat Theater mit Maria. Die jibt ihn immer wieder etwas Jeld, weil wa nix inne Kasse ham."

„Verdammt noch mal, der will also auch nicht mehr. Das seine Spanierin kein Spaß mehr am Geldmangel ihres Freundes hat, kann ich ja noch verstehen. Aber das sie ihn nicht mehr motiviert, das ist schlecht."

„Ja, det isses. Außerdem Klaus, warst du et doch, der in letzter Szeit an

den Drinkmaker jezweifelt hat. Jetzt auf eenmal jlaubst du an den Erfolg, wa? Nun wo erkennbar is, dat keener unsren Jemini haben will. Du warst bei de Kaffeecompanys. Be de Diskonters und ben Jetränkehandel. Und wer wees, wo noch überall. Alle ham dir abjesagt und just du willst weida machen?"

„Hast ja recht, es stimmt. Mach mir Vorwürfe, ich habe es nicht hingekriegt."

„Kumpel - et jeht doch nich drum, dir szur Sau zu machen. Wir haben et alle drei nich jeschafft, det ist de Warheet. Wir stehn nun mit leere Händen da. Und ick hab ooch noch hunderttausend Mark Schulden anne Hacken. Ick lande vielleicht noch in Knast, wa. Ne ne, nu is Schluss. Montach jeh ick de Anjestellten über die Laje informieren und danach szum Amtsjericht."

„Peter, warte wenigstens noch zwei Wochen, bitte. Ich versuche inzwischen, Termine bei Fachgeschäften zu bekommen. Vielleicht klappt ja doch noch was."

„Woher nimmst de de Zuversicht, ick wunder mir nur. Oder hast de wat in petto, wovon Allex und ick nischt wissen?"

„Nein, hab´ ich nicht; leider nicht. Woher mein Optimismus kommt, weiß ich nicht. Es ist mehr so ein Gefühl, dass es doch noch klappt. Wir müssen ja nicht gleich Millionäre werden. Aber Einnahmen, dass man zumindest gut leben und sich auch mal was leisten kann. Ich bin ja in den vergangenen Monaten bescheiden geworden."

„Ick weeß nich, wie ick mir entscheide. Meen Bauchjefühl sacht ma, dat *et mit unsrer Firma vorbei is. Ick werd´ mal ´ne Nacht drüber schlafen, wa.*"

"Lass uns wieder reingeh´n. Die Mädels wundern sich sicher schon, wo wir bleiben", schlägt mein Vater vor.

Mädels ist gut. Die Firma hat schließlich auch ein männliches Wesen in der Verwaltung beschäftigt - den Herrn Scholter. Der ist auf die Schelmenhorster durch eine Zeitungsannonce in der Hannoverschen Allgemeinen aufmerksam geworden. Die Firma suchte einen fähigen, seriösen Manager ab 50, der sich nicht zum alten Eisen zählt und Spaß daran haben würde, ein junges Unternehmen mit aufzubauen. In der Annonce stand außerdem, dass eine Beteiligung mit 50.000 Mark möglich ist. Vaddern führte das erste Gespräch mit Herrn Scholter und empfand Sympathie für ihn. Scholter war zwar konservativ, aber er wirkte ehrlich und seriös. Er hinterließ einen unkomplizierten fähigen Eindruck. Auch Peter kam zu dieser Einschätzung, als er am nächsten Tag mit ihm sprach.

Das ist jetzt ein halbes Jahr her und die 50.000 Mark, die Herr Scholter tatsächlich mit eingebracht hat, sind restlos von der Firma aufgebraucht worden. Das ist auch ein Grund, warum sich Peter nicht sonderlich wohl in seiner Haut fühlt.

Gerade wollen Peter und mein Vater ins Büro zurückgehen, da kommt Allex und sogleich wird der Nieselregen stärker. Er schwenkt in seiner rechten Hand ein sogenanntes Handy – ein Mobiltelefon. So groß wie ein Hundeknochen, dem man einem Bernhardiner weggenommen hat.

„Jut dat de kommst Allex. Und steck dat olle Ding wech, es jibt wichtjeres zu besprechen. Ick erklär´ dir det jetzt. Wir ham´ 100.000 Märker Schulden. Be Liefranten, da Vamieterin, be de Krankenkasse, den Paragrafenreiter und den Steuerberater, wa. De Telekom und noch ba einjen andren. Hab´ ick jrade Klaus erklärt. Wir sin pleite. Ick werd´ bein Jericht Konkurs anmelden."

„Ach du scheiße Peda. Können wir nichts dagegen tun?"

„Frach unsren Berata, Allex!"

„Tut mir leid, aber ich habe auch keine Erklärung für die ablehnende Haltung des Handels. Die wollen den Sprudler nicht, egal zu welchem Preis."

„Kochst eben auch nur mit Wasser. Vor Monaten hast du Peda und mir versprochen, dass unsere Familien ihr Auskommen haben werden. Nur Sprüche. Dein Honorar hast du eingesackt und wir können jetzt sehen, wo wir bleiben."

„Allex lass jut sein, det bringt uns och ..."

„HONORAR - das ich nicht lache. 300 Mark im Monat. Da habt Ihr mich schön reingelegt."

„Warum biste de denn jeblieben?"

„Um deiner Freundin schöne Augen zu machen. Das ist der wahre Grund Peda."

„Herr Könner! Das ist eine infame Unterstellung. Ihr Denken kreist *scheinbar nur um das Eine. Ihre Gedanken hätten sie mal lieber der Firma widmen sollen."*

„Hört uff damit – beede! Wir ham jetzt andre Sorjen. Det hilft uns nich weida! Leute et bleibt dabei, wa. Ick werd' bein Amtsjericht Konkurs anmelden."

„Tja schade. Das wars dann wohl", zuckt Vaddern die Schultern.

„Unfähiger Spinner. Ich geh jetzt einen saufen - tschüss", Allex schaut meinen Vater dabei provokant an. Er dreht sich auf dem Absatz um - lässt die beiden verdutzt stehen und geht ab.

In diesem Moment öffnet sich das Fenster zum Hof und Frau Selz ruft laut nach Vaddern: *„Sie werden am Telefon verlangt Herr Schmidt. Ein Jack Eimer vom GBE!"*

Mein Vater rennt in das Bürogebäude und hechelt die Treppe hinauf. Im Bürozimmer überreicht Frau Selz den Hörer.

„Hier Firma Sodastream."

„Sind sie der Schmidt von dieser Sprudelmaschinenfirma?"

„Ja, und mit wem habe ich die ...?"

„Moderator Eimer vom GBE. Hören sie mal, das ist ja eine Unverschämtheit von ihnen, was sie sich da geleistet haben. Wochenlang terrorisieren sie meine Mitarbeiterin mit Telefonaten. Was

haben sie sich dabei gedacht?"

„Es tut mir leid, Herr Eimer ..."

„Was tut ihnen leid? Wenn es ihnen leid getan hätte, würden sie die Anrufe unterlassen haben? Wir sind hier die Redaktion eines Fernsehsenders und nicht dafür da, für irgendwelche Produkte Werbung zu machen. Das war eine bodenlose Frechheit von ihnen, meine Sekretärin so zu bedrängen!"

„Kann ich Folgendes dazu ..."

„NEIN, können sie nicht! Was glauben sie eigentlich, wer Sie sind? Solch eine unverschämte Dreistigkeit ist mir noch nicht untergekommen. Hoffentlich haben sie ihren Laden besser im Griff, als sich. In sechs Wochen wird ihr Wassersprudler in meiner Sendung vorgestellt. Bevorraten Sie sich!"

Und die Leitung ist tot – aufgelegt.

„Herr Schmidt, so verblüfft habe ich sie noch nie gesehen. Was um Himmels willen war denn das?"

„Das, liebe Frau Selz, war ein Choleriker. Ein Choleriker, wie ich in meinen schlimmsten Auftritten keiner bin."

Frau Selz staunt und kann ein Hüsteln nicht unterdrücken.

„*Peeeter*", brüllt mein Vater so laut, dass es durch die Räume schallt, „*das war der Eimer vom GBE. Der bringt unseren GEMINI in 6 Wochen in seiner populären Sendung!*"

Erst Schweigen. Dann Jubel. Alle stürmen aus ihren Zimmern und laufen in das Büro von Frau Selz.

Jedem Anwesenden wird klar. Dies ist eine besonders wichtige Nachricht für die kleine Firma. Der Wassersprudler im Fernsehen. Vor einem Millionenpublikum. Das wird - das muss der Durchbruch werden.

„*Gratulation Klaus, det hast de jut hinjekriecht und ick hab dir noch abjeraten, ewich be die Fernsehfritzen anzurufen. Den GBE unsren JEMINI hinzuschicken war en schlauer Enfall.*"

„*Danke für die Lorbeeren, aber es war Birgitta, die es angeregt hat, den Eimer wegen seiner ökologischen Sendung zu kontakten. Das hat sie mir vor Monaten geraten und ich habe den Tipp dankbar aufgenommen. Nun ernten wir anscheinend die Früchte ihrer klugen Idee.*"

„*Ejal. Sach ma lieber wat de mit dem besprochen hast.*"

„*Nichts habe ich mit ihm vereinbart. Ich kam ja nicht zu Wort.*"

„*Det vasteh´ ick nich. Warum bringt er denn det Jerät in de Sendung, wa?*"

„Ich weiß es nicht Peter. Der hat mich nur runtergeputzt. Sagt dann aber am Schluss, dass unser Gerät in seiner nächsten Sendung vorgeführt wird und knallt grußlos den Hörer auf. Mehr war nicht."

„Vielleicht war das gar kein echter Anruf, vom GBE?"

„Doch Frau Selz, das war der Moderator Eimer, der hat Informationen, die kann er nur von der Sekretärin haben. Außerdem ist seine Stimme unverkennbar. Möglicherweise hat ihn das Gerät einfach überzeugt."

„Det hat ihm aber nich davon abjebracht, dir die Meinung zu sajen."

Hanselman

„Hallo Herr Schmidt, gut das sie kommen. Hanselman hat geschrieben. Ein Hauptgeschäftsführer Dreyer. Sie sollen am nächsten Mittwoch mit einem Mustergerät in der Zentrale erscheinen", empfängt Herr Scholter mit anerkennendem Blick meinen Vater.

„Wer, Hanselman? Das gibt ´s nicht. Nach so langer Zeit melden die sich. Die hatte ich gedanklich schon abgeschrieben. Na das ist ja was. Eine weitere positive Nachricht - trotz des trüben Wetters."

Vaddern ist, obwohl er sich einen Schirm von Frau Regner geliehen hat, bei seinem *Spaziergang* über das Wollegelände nass geworden. Aber das ist ihm jetzt schnuppe. Die Nachricht zu einem Termin bei Hanselman weckt seine Geister und er stürmt gleich rüber in Peters Büro.

„Rate mal, wer uns geschrieben und mich für eine Produktpräsentation eingeladen hat? Herr Scholter bekam die Post, als wir draußen waren. Er hat den Brief gleich aufgemacht. Hier ließ selbst", reicht mein Vater Peter das Schreiben rüber.

Der überfliegt den Text, richtet sich auf und strahlt: *„Klasse, wieder mal ne jute Nachricht, wa. Den Termin bein Konkursjericht vajessen wa ers mal, wa."*

Eine Woche später fährt mein Vater zu Hanselman.

Nicht nur Frauen gehen, wenn sie ein Date haben, vorher zum Friseur. Dieser Gang ist auch für Männer manchmal unausweichlich. Mein Vater sitzt also im Friseursalon und sieht, sein reichlich lang gewachsenes Haupthaar mit kritischem Blick. Eine Friseurin macht sich sogleich über Vadderns Kopf her. Sie schneidet und kämmt. Legt und schneidet und schneidet und hört nicht auf. Offensichtlich bekommen Friseurinnen einen Bonus, wenn sie die Haare ihrer Kunden kurz schneiden.

„Halt - es ist genug!", versucht Vaddern die, ihn beschneidende, Dame zu stoppen.

„Hier muss aber noch ein bisschen ab", flötet sie und schnippelt munter weiter. Endlich ist sie fertig und hält ihrem Kunden den Spiegel vor.

„Ist doch toll geworden, oder?", ertönt ihre, keinen Widerspruch zulassende, Stimme.

„Ja, wunderbar, ich bin entgeistert", kann mein Vater sich nicht verkneifen zu sagen und gibt ihr dennoch ein Trinkgeld.

Eigentlich hat sie das nicht verdient, denn die Frisur ist alles andere, als gelungen. Vaddern sieht aus, wie für eine *Pudelausstellung* gestutzt. Er schaut zu Hause nochmals kritisch in den Spiegel und stellt fest, für Hanselman wird es genügen. Was wird ihn dort erwarten. Vier Stunden später erreicht sein Zug das Ziel und er nimmt sich eine Taxe.

„Zur Zentrale nach Hanselman bitte", nennt er dem Fahrer die Adresse. Sorgenvoll denkt er dabei an das wenige Geld in seiner Jackentasche – hoffentlich reicht es.

Der Fahrer nickt mit dem Kopf und brummelt säuerlich: *„Fast zum Hinlaufen"*.

Nach wenigen Minuten hält die Taxe vor einem imposanten Gebäudekomplex. Das war der Standort einer ehemaligen Fabrik, die mittlerweile zum Hanselmankonzern gehört. Ja, ein Konzern ist es schon, das Unternehmen Hanselman. Unser Vater hat sich vorher informiert und weiß daher, dass im letzten Jahr ein Umsatz von über 40 Milliarden DM erzielt wurde. Sein Respekt ist also angebracht. Vaddern steht, innerlich doch sehr angespannt, an der Rezeption und nennt der Empfangsdame seinen Namen.

„Herr Gioglo kommt gleich und holt sie ab Herr Schmidt. Wenn sie bitte einen Augenblick warten", lächelt sie ihn an.

Mein Vater schaut sich derweil die zahllosen Glasvitrinen an. Die sind mit Produktschachteln und Fotos über die Historie des Unternehmens bestückt. Die Vitrinen stehen verteilt auf die riesige Empfangshalle, deren Ausmaße einer kleinen Flughafenanlage nicht unähnlich ist. Unser Vater ist sehr beeindruckt und muss sich zusammenreißen, damit er nicht vor Ehrfurcht erstarrt. In den vorhandenen Sitzgruppen aus Leder sitzen Handelsvertreter und warten auf ihre Ansprechpartner. Vor Monaten hatte Vaddern einmal mit einem Herrn Schnarte von der Kurzwaren und Bürsten-Einkaufsabteilung telefoniert. Der konnte sich für den Wassersprudler aber nicht erwärmen und so kam ein Treffen seinerzeit nicht zustande. Daraufhin schrieb unser Vater den Inhaber an, um die Scharte auszu- wetzen. Tatsächlich hat er einen Termin bekommen.

Das der Inhaber von Hanselman ihn mit seiner Küchen-maschine nicht persönlich empfängt, war Vaddern schon klar. Er wollte nur sichergehen, dass er nicht wieder in der *Bürsten-abteilung* landet. Und dass sich jemand an seinen erfolglosen Kontakt vor Monaten erinnern würde, hält er bei der Größe des Unternehmens für wenig wahrscheinlich. Außerdem ist *Schmidt* kein Name, sondern eher ein Sammelbegriff.

Vaddern wird von dem Einkaufsleiter empfangen. Ein Herr Gioglo, wie er sich vorstellt und ein Herr Steinberger. Nun sitzen alle drei an einem Konferenztisch in einem der Besprechungs-zimmer und mein Vater stellt den Wassersprudler auf den Tisch. Herr Gioglo fordert ihn mit einer gönnerhaften Handbewegung auf: *„Na dann erzählen sie mal, was sie uns da Interessantes mitgebracht haben!"*

Vaddern nimmt den Wassersprudler aus dem Karton, als der Einkäufer Gioglo ihn unterbricht: *„Lassen sie das Auspacken."*

„Aber ich möchte Ihnen doch vorab die Funktionsweise des Sprudlers aufzeigen. Und die Vorteile für Ihre Kunden ..."

Einkäufer Steinberger mischt sich ein: *„Gut gemeint Herr Schwitt. Herr Gioglo will wissen, wie der Einkaufspreis und der Verkaufspreis sind. Wenn sich die Handelsspanne für uns nicht entsprechend darstellt, ist eine Vorführung nicht vonnöten. Sie verstehen?"*

„Ja, aber. Eine kurze Einführung wäre doch sinnvoll. Das Gerät ist absolut neu in Deutschland. Wenn Sie jedoch kein Interesse an unserem Produkt ..."

Gioglo mit ungeduldiger Handbewegung: *„Machen Sie mal."*

Die Kerle sind Vaddern unsympathisch - von Anfang an. Zu glatt, zu smart, zu geschniegelt. Es hat ihnen scheinbar nicht gefallen, dass unser Vater ihren obersten Chef angeschrieben hat und sie sich heute, an einem Freitagmittag, mit ihm abgeben müssen. Vaddern tut, als bemerke er ihren Unmut nicht und trägt die Vorzüge des Wassersprudlers vor.

Dabei nimmt er die Kunststoffflasche heraus und öffnet die hintere Abdeckung, um an den Druckgaszylinder zu kommen. Während seines Vortrages über das Kohlendioxid und das

Trinkwasser bemerkt er in seinem Eifer nicht, dass die beiden ihm nicht zuhören. Als er die Kindersicherung des Gerätes beschreibt, fragt der Gioglo gerade seinen Kollegen, ob er nicht am Wochenende mitsegeln will. Da wird es meinem Vater dann doch zu viel.

Natürlich wäre es wunderbar, wenn Hanselman das Produkt Listen würde. Allein eine der Tochtergesellschaften von denen, betreibt über 2.000 Filialen. Mit einer positiven Entscheidung rechnet Vater nun nicht mehr. Die hören ja nicht einmal zu. So wenig interessiert sind sie. Die wollen beide den Termin mit unserem Vater rumkriegen, damit sie ins Wochenende entschwinden können. Nein, so lässt sich Vaddern aber nicht behandeln. Augenblicklich verfliegt sein Respekt vor diesen Lakaien. Und er stoppt abrupt seinen Vortrag und packt dabei den Wassersprudler demonstrativ langsam wieder ein. Das bemerken sogar die Desinteressierten. Gioglo unterbricht das Gespräch mit seinem Kollegen und schaut meinen Vater an: *„Sie packen ein? Sie wollen schon gehen Herr Schmidt? Wie schade?"*

„Ja, Herr Gioglo, ich packe ein. Dass sie nicht an meinem Produkt interessiert sind, habe ich zur Kenntnis genommen. Gleich Montag wird ein Brief an ihren Arbeitgeber aufgesetzt und ihm für das „große Interesse" seiner Angestellten gedankt. Außerdem werde ich ihn darüber informieren, dass ich mir einen Termin bei der HEFE in Köln holen und dort sicherlich mehr Aufmerksamkeit finden werde."

„*Herr Schmidt, bitte bleiben sie, das ist ein Missverständnis. Ich habe meinen Kollegen nur etwas gefragt, weil ich davon ausging, dass sie noch in der Vorbereitung des Gerätezusammenbaus sind. Selbstverständlich interessiert uns ihr Produkt. Darum sind sie doch hier!*", lügt er meinen Vaddern scheinheilig an, erhebt sich von seinem Bürostuhl und schaut beifallheischend seinen Kollegen an.

Der stimmt sogleich mit ein: „*Herr Schmitz entschuldigen sie unsere Unaufmerksamkeit, das war unhöflich. Bitte fahren sie doch mit ihrem abwechslungsreichen Vortrag fort.*"

Was für Heuchler. Nun geht ihnen der Hintern auf Grundeis, denn dass Vater nicht blufft, können sie nicht annehmen. Schließlich hatten sie diesen Termin von der Konzernzentrale aufgedrückt bekommen. Und wenn die Konkurrenz von HEFE mehr Interesse zeigen würde und das Gerät in den Verkauf nehmen – nicht auszudenken. Jetzt bereuen sie ihre Ignoranz und befürchten Schlimmstes. Sie haben Vater doch unterschätzt. Und der? Was hat er noch zu verlieren. Dass er die Chance auf einen Vertrag mit seinem energischen Auftritt endgültig versaut hat, ist ihm schon klar.

Dafür sollen sie wenigstens leiden, das nimmt er sich vor und laut sagt er zu Ihnen: „*Wenn sie mich so darum bitten, werde ich meinen Vortrag natürlich fortsetzen*".

Also packt er das Gerät wieder aus und schickt den „Gioglo"

zum *Wasserholen*. Seine Ausführungen trägt Vater nunmehr in epischer Breite vor. Brav lauschen die beiden *Einkäufer* jedem seiner Worte und stellen eifrig Zwischenfragen. So lässt Vaddern sie schmoren und erzählt Details, die nicht relevant für das Gerät sind. Er wiederholt sich und variiert seinen Vortrag. Nach einer Stunde, nötig wären höchstens 20 Minuten, fällt ihm nichts mehr zu dem Thema ein, was er nicht schon gesagt hätte.

Vater beendet die Quälerei der beiden mit den Worten: *„Vielen Dank für ihre Aufmerksamkeit. Dies also ist unser GEMINI.“*

Beiden Einkäufern ist die Erleichterung über das Ende des Vortrages anzusehen. Obwohl Vaddern ihren Freitagnachmittag versaut hat, entblödet sich der Gioglo nicht zu fragen: *„Sie sind schon fertig mit ihrer Erklärung Herr Schmidt? Sehr interessant. Wirklich sehr interessant das Produkt. Wir werden sie in der nächsten Woche kontaktieren. Findet das ihre Zustimmung Herr Schmitz?“*

*„Ja Herr **Gigolo**, das ist Ok“*, verdreht nun auch mein Vater seinen Namen.

Der verzieht keine Miene und lässt sich, wie auch sein Kollege, nichts anmerken. Vaddern nimmt das Gerät unter den Arm und beide bringen ihn bis vor das Verwaltungsgebäude, wo sie sich *„herzlich“* von ihm verabschieden. Nicht ohne nochmals ausdrücklich für seinen Besuch zu danken.

Was für eine Schmierenkomödie. Wie es wohl den anderen Besuchern ergehen wird, die mit den beiden noch zu tun bekommen werden. Die sind nur zu bedauern. Vaddern hingegen wird in wenigen Minuten wieder im Zug sitzen und sich erneut Gedanken für eine erfolgreiche Vermarktung machen müssen. Gleich am Montag wird er bei *HEFE* anrufen und vielleicht auch noch bei der *Eherda*, obwohl er bei denen schon einmal abgeblitzt ist. Jetzt ist Wochenende und Vaddern macht im Zug die Beine lang und denkt an gar nichts mehr. Der anstrengende Termin verlangt seinen Tribut und er nickt ein.

Eine kleine Bestellung

„Stell'n se ma durch Frau Selz."

„Sodastream Deutschland, Kautz."

*„Horst Händler, Öko-Asia-Handelskette. Liefern Sie uns 3.000 Stück
von diesen Wassersprudlern nach an unseren Hauptsitz."*

Kautz drückt seinen Rücken durch und sitzt mit einem Schlag
kerzengerade in seinem Bürostuhl: *„Wie? 3.000 Stück? Det ist ja
een kompletter Lastwajen, wa!"*

„Ja und? Ist das ein Problem für sie?"

*„Ne, ne - auf ja keen Fall. Aber ick kenn Ihnen ja nich, da müssn wa
Vorkasse ham."*

*„Vorkasse machen wir nicht. Sie können aber ausnahmsweise einen
bankbestätigten Scheck bekommen. Schicken Sie uns vorab die
Rechnung per Fax. Schnellste Lieferung muss gewährleistet sein. Alls
Weitere besprechen sie mit meiner Sekretärin Frau Wohlmut."*

„Wat ich noch zu sajen hätte ..."

Aufgelegt, einfach aufgelegt. Noch solch ein unverschämter Kerl,
wie der von vorhin. Peter ruft bei meinem Vater an.

„Sach ma Kumpel, kennst de ne Firma Öko-Asia-Handelskette? Ik jlob da wollt´ ma ener verscheissern."

„Nein Peter. Die Firma gibt es. Die handeln mit Ökoprodukten und haben fast 200 Filialen in Deutschland. Woher weis der von uns; und der zukünftigen Sendung über den Sprudler? Hängt der mit dem GBE zusammen?"

„Wees ick nich, aber ick werd jleich ma ne Rechnung an den Ökolojen per Fax schicken. Ma sehn ob der Scheck och kommt."

Peter legt auf, da klingelt sein Telefon erneut.

„Kautz, Sodastream Deutschland."

„Hallo, spreche ich mit der Firma, wo die Wassersprudler herstellt?"

„Herstellen nich aba liefan tun wa, jnädje Frau. Mit wem hab ick denn dat verjnüjen?"

„Frau Modien, Firma Puderpaste. Gibt es noch Geräte oder hat Öko-Asia- bereits wieder alles aufgekauft?"

„Woher wolln se det wissen, dat die bei uns wat jekooft haben?"

„Na weil die immer eine Woche vor uns - wir sind ein Zusammen-schluss von 300 Öko-Läden, vom Moderator Eimer über die Inhalte *seiner nächsten Sendung informiert werden. Erst ein paar Tage später bekommen wir die Informationen zu der nächsten Sendung. Wir rufen dann bei den Lieferanten der Produkte, die in der nächsten Sendung vorgestellt werden, an. Meistens hat die Öko-Asia bereits alles aufgekauft. Wir gucken in die Röhre. Das machen die seit Jahren so mit uns."*

„Tatsächlich? Aber ick kann se berujen, wir ham noch jede Menge; wie viel Jeräte möchtn Se denn?"

„Was kosten 100 Wassersprudler?"

„6.000 Mark Brutto inkl. Anlieferung. Wo sitzen se denn, Frau Pudertasche?"

„Ich bin Frau Modien. Inhaberin der Puderpaste!"

„Entschuljung, war nich so jemeint."

„Ich bestätige Ihnen die Bestellung per Fax. Zahlung bei Lieferung ist das in Ordnung für sie?"

„Det jeht in Ordnung. schönen Tach och noch für ihnen", legt Kautz den Hörer auf und geht schnurstracks zu Vaddern nach nebenan.

Mein Vater beendet gerade ein Telefonat und schaut frohlockend hoch: *„Peter, ich habe eine Bestellung über 50 Geräte aufgenommen. Von einer Sonnenblumenboutique."*

„Prima, Kumpel. Ick hab jerade 100 Stück verkooft!"

„WAS? Irre. Gratulation. Das in der nächsten GBE-Sendung unser Gerät vorgestellt wird, scheint sich herumgesprochen zu haben."

Kein Geld keine Ware

„Allex - nu jibt et Bestellungen aba wir hamm keene Jeräte. Der Engländer schickt uns nischt ohne Vorkasse."

„Mist, vielleicht beleiht Maria ihr Haus mit einer Hypothek. Was brauchen wir denn?"

„Na hundat Tausend, wa."

„Oha, doch so viel? Ich werde heute Abend mit ihr darüber reden. Ich glaub nicht, dass die Körnerleute es bringen Peda. Die werden den Gemini wegen des CO_2-Gases nicht benutzen. Schmidt blufft doch nur."

„Nu wat ma ab Allex. Ick lass mir überraschen. Ham wa was dabei szu valiern?"

„Schmidt nicht aber wir! Der Kerl ist ein Wichtigtuer. Bisher haben wir beide die Aufträge reingeholt und uns damit über Wasser gehalten. Schick ihn nach Hause, der kostet nur Geld."

„Und wat is, wenn de Fernsehsendung een Erfolg wird?"

„Na dann gerade. Dann brauchen wir ihn sowieso nicht mehr. Das Geld können wir sparen. Besser jetzt Schluss als nachher. Der kommt *womöglich mit weiteren Forderungen, wenn die Sendung ein Verkaufserfolg für uns wird."*

„Na weest de Allex, fair wär dat ja nich. Außerdem hat er n´ Vertrach. Vajiss det nich. Ick werde darüber nachdenken. Letztendlich sind WIR die Inhaber und er is nur een Berater, wa. Nu muss ick wieda los. Wir reden späta noch darüber."

Zylinder des Moderators

„Firma Sodastream Schmidt."

„Guten Morgen Herr Schmidt, hier ist Jack Eimer vom GBE."

„Ah Herr Eimer, was kann ich für Sie tun?"

„Lieber Herr Schmidt", klingt seine Stimme einschmeichelnd, *„Ich bin sozusagen der Robin Hood der Ökogesellschaft. Ich setze mich dafür ein, dass umweltschonende Produkte, wie das ihre, auch von weniger Begüterten gekauft werden können. Darum darf ich sie bitten, bei der ersten Lieferung einen zweiten Kohlensäurezylinder jedem Gerät kostenlos beizulegen."*

Vaddern ist überrascht: *„Beigabe? An wie viel Zylinder haben Sie denn dabei gedacht?"*

„Zehntausend."

Mein Vater springt von seinem Sessel auf: „WIE bitte? Zehntausend Zylinder als kostenlose Beigabe? Herr Eimer, das übersteigt unsere finanziellen Möglichkeiten."

„Lieber Herr Schmidt, das wären kostenmäßig gerade mal wenige Minuten Fernsehwerbung? Ich widme Ihrem Gerät über 10 Minuten in meiner Sendung. Vergleichen sie. Und vergessen sie die Reputation

meiner Sendung nicht! Die ersten Bestellungen laufen doch bereits bei Ihnen ein."

„Über was sie so alles informiert sind. Das muss ich erst einmal mit dem Inhaber besprechen, Herr Eimer."

„Sie sollten nicht zu lange zögern. Es wäre bedauerlich, wenn das Gerät nicht in meiner Sendung vorgestellt werden könnte."

„Möglicherweise lässt sich da was machen. Ich verspreche Ihnen, ich werde mich bei Herrn Kautz für ihre Vorstellungen einsetzen."

„Gut Herr Schmidt. Wir erwarten dann die Lieferung wie vereinbart. Auf Wiederhören und noch ein schönes Wochenende für sie."

Verärgerter Moderator

„Sodastream - Schmidt.“

„GBE – Eimer!“

„Guten Morgen Herr Eimer“, räuspert sich Vaddern und glaubt zu wissen, was jetzt auf ihn zukommt.

„Herr Schmidt! Die versprochenen 10.000 Zylinder waren bei der Anlieferung nicht dabei!“

„Wir haben doch nicht an den Fernsehender geliefert. Woher wollen Sie denn wissen, das die Zylinder nicht dabei waren?“

„Das tut hier nichts zur Sache – ich weis es eben. Herr Schmidt, wenn Sie sich nicht an die Abmachung halten, werfe ich den Wassersprudler aus meiner Sendung! Eine letzte Frist für die Zylinderlieferung sind die nächsten 3 Tage!“

Der Moderator beendet das Telefonat grußlos.

Allex, Peter und mein Vater stehen mit sorgenvoller Miene auf dem Betriebsgelände: außer Hörweite der Büros. Sie beratschlagen das weitere Vorgehen bei der Moderatorforderung.

„Klaus, wir könn keene Szehntausend Zylinder kostenlos beijeben. Det würde uns mit entjanjenem Jewinn über 100.000 Mark kosten! Wie stellt der sich det eijentlich vor, der Räuber der Enterbten?"

„Soll ich mal hinfahren und ihm was aufs Maul hauen?, Peda."

Vaddern rollt mit den Augen: „Allex! Die Sendung läuft in 3 Wochen. Der schmeißt unseren Gemini raus, wenn wir nicht liefern. Das ist doch keine Lösung. Ich gehe mal eben ins Büro zurück und werde anonym beim Sender nachfragen, wann genau die Sendung ausgestrahlt wird."

„GBR- Fernsehanstalten guten Tag. Sie sprechen mit Katrin Schlöffel. Was kann ich für Sie tun, bitteschön?"

„Mein Name ist Zwitscher. Ich habe eine interessante Information für die nächste Sendung „do it yourself". Die kann der Redakteur dann noch in den Beitrag einbauen."

„Leider geht das nicht Herr Zwitscher. Jede Sendung kommt für 4 Wochen vor dem Ausstrahlungstermin in unseren sogenannten Giftschrank. Da hat niemand mehr Zugang zu den abgedrehten Beiträgen."

„Verstehe - aber der verantwortliche Moderator doch?"

„Nein niemand. Weder der Moderator noch die Redaktion. Fertiggestellt ist fertiggestellt. Ausnahmen gibt es nur bei Nachrichtensendungen, aber die laufen ja live im Programm."

„Schade, na gut. Kann man nichts machen. Ich schicke dann die Informationen per Brief an die Redaktion."

„Das wollte ich Ihnen gerade vorschlagen. Es geht aber auch über das Internet Herr Twitter. Vielen Dank für Ihren Anruf."

Er nervt erneut

Das Telefon klingelt. Vaddern nimmt den Hörer ab: *„Sodastream."*

„GBE. Ich will Herrn Schmidt sprechen!"

„Am Apparat. Guten Tag Herr Eimer."

„Die Zylinder sind immer noch nicht eingetroffen. Meine Geduld ist am Ende. Ihr Wassersprudler fliegt aus der Sendung! Und die gelieferten Geräte werden an sie zurückgeschickt. Da machen sie sich mal auf was gefasst. So etwas Unverschämtes ist mir in 25 Jahren nicht passiert. Sie haben mich reingelegt. Und in meiner übernächsten Sendung mach ich sie fertig, da können sie sich drauf verlassen!"

Aufgelegt.

Vaddern lehnt sich in seinem Bürostuhl zurück und seufzt. Peter kommt herein.

„Was 'n mir Dir los? Wa det etwa wieda der Eimer?"

„Ja, Peter. Das war er. Der will unseren Wassersprudler aus der Sendung schmeissen und in seiner übernächsten Sendung wird er das Gerät und unsere Firma fertich machen, hat er soeben gedroht."
„Wat 'n mieser Kerl? Ick denk de Sendung ist schon abjedreht und et kann nüscht mehr verändert werden? Hast de uns doch neulich auf 'n

Hof erklärt, wa."

„Ja das stimmt."

„Na jrossartich, warum machste Dir dann Sorjen?"

„Ich sorge mich um die übernächste Sendung von dem. Da wird er uns fertigmachen. Das ist ein ganz abgeklärter Hund, der lässt das bestimmt nicht auf sich beruhen. Die Öko-Asia-Handelskette, wird die Geräte wieder zurückgeben, hat er noch gedroht."

„Schöne Scheiße. Soll ick ma mit ihm reden?"

„Kannst du gerne machen. Wenn Du ihm 10. 000 Zylinder schenken willst."

„Natürlich nich, woher solln wa die och nehm´? Ich ruf nich an. Abwaten und Tee trinken. Der kocht ooch nur mit Wassa. Wat hat der eijentlich immer mit der Öko-Asia-Handelskette am Hut? Mackern die szusammen oder wat is da inne Gänge? Nischt nehm wa zurück - jekooft is jekooft. Die spinnen wohl?"

„Ich werde morgen früh zum DWVB fahren. Wir dürfen uns nicht nur auf den Fernsehfritzen verlassen!"

Vaddern steht auf und verlässt mit Peter, der ihm ermutigend auf die Schulter klopft, den Raum.

DWVB und Frau Denzik

„Guten Tag Herr Schmidt. Schön das sie gekommen sind", wird mein Vater an der Rezeption des Verbandes von einer Frau Denzik begrüßt.

Vaddern folgt ihr in den Veranstaltungssaal, wo bereits einige Damen und Herren warten. Er begrüßt die Versammelten und beginnt sogleich mit seinem Vortrag über Trinkwassersprudler. Frau Denzig steht neben ihm und kann es kaum erwarten, dass er das Gerät den Anwesenden präsentiert. Sie ist durch einen Artikel in der Tageszeitung auf den Wassersprudler aufmerksam geworden und initiierte dieses Treffen.

Nun spricht Frau Denzig zu dem Publikum und erinnert daran, dass die Wasserqualität von Mineralwasseranbietern oftmals in Zweifel gezogen wird. Damit werden die täglichen Bemühungen von über 50 Tausend Beschäftigten der Versorgungsunternehmen negiert. Außerdem ist die Trinkwasserverordnung (*TrinkwV, 1990*) weitaus strenger, als die Mineralwasserverordnung. Der Vortrag endet mit starkem Applaus und mein Vater wird von Fragenden bestürmt.

Kapitel 4

Trinkwassersprudler im TV

Peter, Allex und mein Vater sitzen vor einem Fernsehgerät im Büro und schauen den besagten TV-Beitrag. Ihr Wassersprudler wird minutenlang gezeigt und die Vorteile des selbigen vom Moderator Eimer in höchsten Tönen gepriesen.

„Na wunderba, Junchs. Det hamm wa. Nischt jestrichen - besser jeht´s nich. Da kiek ma mal, wat morjen wird."

Am Tag nach der Sendung erlebt die kleine Firma Anarchie. Fortwährend Telefonanrufe und wildfremde Menschen vor dem Firmeneingang. Die sind mit Koffern (!) voll mit Bargeld in kleinen Scheinen (!) gekommen, um Wassersprudler zu kaufen!

Frau Selz beschreibt die Sendung vom Vortag und das anschließende Tohuwabohu am nächsten Morgen.

Unser Gerät wurde tatsächlich in der TV-Sendung vorgestellt. Hatte Herr Schmidt es doch erreicht. Alle Achtung. Als es dann endlich so weit war, warteten mein Mann und ich gespannt auf die Sendung. Eigentlich hatte sie mich bis dahin nicht interessiert. Aber diesmal war das etwas anderes. Der Moderator beschrieb die Handhabung und Vorteile des Gerätes. Er ging auf die Umweltfreundlichkeit ein. Darunter verstand er: keine

LKW-Transporte von Mineralwasserkästen vom Abfüller zum Händler. Keine Pkw-Transportwege vom Händler zum Verbraucher. In diesem Zusammenhang vergaß er, nicht darauf hinzuweisen, dass unser Trinkwasser eines der bestkontrollierten Lebensmittel in Deutschland ist. Als dann die Namen des Gerätes und unsere Firma erwähnt wurden, fand ich es eine gelungene Präsentation. Es war fast eine Werbesendung. Vielleicht brachte das ja den gewünschten Erfolg.

Am nächsten Morgen sind auch Herr Kautz und Herr Schmidt der Meinung, dass dieses eine gelungene Werbung für uns war. Wir kommen jedoch nicht einmal mehr dazu, uns über die Sendung zu unterhalten. Seit kurz vor acht klingeln die Telefone fast pausenlos.

„Sodastream, mein Name ist Selz, guten Morgen."

„Firma Lavendel guten Morgen. Sind Sie die Firma, deren Gerät gestern in der „Do it yourself"-Sendung vorgestellt wurde?

„Ja genau, da sind Sie hier richtig."

„Ich hätte gerne nähere Informationen und den Preis für das Gerät."

„Einen Moment bitte, ich verbinde Sie mit Herrn Kautz." Ich muss nach wie vor alle Gespräche zu Herrn Schmidt und Kautz weiterleiten.

Und plötzlich, als wären alle Dämme gebrochen, schwappt es wie eine riesige Welle über uns herein. Die Telefone klingeln ohne Unterbrechung. Kaum sind die Hörer aufgelegt, kommen schon die nächsten Anrufe. Da die beiden Herren ebenfalls telefonieren, bleibt mir nichts anderes übrig, als die Fragen der Anrufer selbst zu beantworten. Von jetzt an führe auch ich Verkaufsgespräche und ich bin froh, dass ich davon einiges, in den ersten Wochen meiner Tätigkeit, mitbekommen hatte.

Wir stellen Informationsmappen zusammen, für die ich stundenlang Unterlagen kopiere. Täglich verschicke ich eine große Menge dieser Mappen. Die Arbeit wird von Tag zu Tag mehr und ist für mich alleine nicht zu bewältigen. So wird über die Einstellung einer weiteren Mitarbeiterin für mich zur Entlastung nachgedacht. Ich habe noch Kontakt zu einer ehemaligen Kollegin vor meiner Berufspause. Daher weis ich, dass sie einen Teilzeitjob sucht. Nachdem ich Herrn Kautz davon erzähle, gibt er grünes Licht. Ich soll möglichst schnell Kontakt zu ihr aufnehmen.

Noch am selben Abend setze ich mich mit ihr in Verbindung, und zwei Tage später fängt sie bei uns an. Da wieder einmal alles so schnell gehen musste, saßen wir für einige Zeit zu zweit an einem Schreibtisch. Das Improvisieren hatte in der Vergangenheit schon gut geklappt, darum war das auch jetzt kein Problem. Sehr schnell werden weitere Mitarbeiterinnen eingestellt und die Räumlichkeiten werden wieder zu klein. Wir ziehen zum dritten

Mal um. Diesmal jedoch nur innerhalb des Gebäudes, eine Etage tiefer. Dadurch stehen uns nun erheblich größere Büroräume zur Verfügung.

Was für ein unbeschreibliches Gefühl der Erleichterung. Nach einem Jahr und vielen Monaten, endlich der Durchbruch, der Erfolg. Es ist nicht zu fassen. Die Anfragen und Bestellungen sind nicht mehr zählbar und brechen über unsere kleine Firma herein wie eine Sturmflut. Wir wissen nicht, wo wir zuerst beginnen sollen. Es ist immer noch zu wenig Personal da. Es fehlt an allen Ecken. Telefone klingeln nach wie vor in einer Tour.

Die Angestellten rufen durcheinander, das Faxgerät läuft heiß und die beiden Inhaber und ich stehen staunend vor diesem Chaos. Wir werden mit Fragen bestürmt, auf die wir oftmals keine Antwort wissen und die Improvisation hält Einzug. Der Versand schreit wieder nach Geräten, Getränkekonzentraten, Kohlensäure und nach Verpackungsmaterial. Es herrscht ein Durcheinander. Nein, es ist kein Durcheinander. Viel schlimmer, es ist das blanke Chaos.

1. Zyl. Kontrolle, Anruf von TPC

Fahrzeugkontrolle auf der Autobahn. Ein Kleinlaster von der TeutonenPäckchenCompany wird herausgewunken.

Polizist zum Fahrer: *„Guten Morgen, die Fahrzeugpapiere und den Führerschein. Bitte öffnen sie auch den Laderaum."*

„Sie haben mit CO^2 befüllte Druckgaszylinder geladen? Die fallen unter die Bestimmungen der Gefahrengutverordnung-Straße und dürfen nur in zwangsbelüfteten Fahrzeugen befördert werden!"

„Meinen Sie Lastwagen mit offener Ladefläche oder mit Plane und Spriegel?", fragt der Fahrer zurück.

„Genau das ist die Bedingung der GGVS. Ihr Fahrzeug ist aber ein geschlossener Kastenwagen. Da darf ich sie nicht weiterfahren lassen."

„Versteh´ ich nicht. Was soll denn daran so gefährlich sein?"

„Ihre Firma sollte sie darüber aufgeklärt haben, dass ausströmendes Kohlendioxyd eingeatmet, zu Erstickungen bis zur Bewusstlosigkeit oder zum Tode führen kann."

Unterdessen in Schelmenhorst in der Firma Sodastream klingeln die Telefone ununterbrochen. Mitarbeiterinnen rennen hektisch durch die Büros.

„Det is det Chaos. Janz Deutschland will unsre Sprudler wa."

„Chef, ich rationiere die Geräte. Damit jeder Händler welche kriegt."

„Wie inne DDR is det – Lajermeester. Jut dat wa umjezogen sind - die alte Halle hät nie jereicht".

„Herr Schmidt, Telefon,"ruft die Sekretärin.

„Augenblick Frau Selz – ich bin gleich da. Peter, wann kommt den die nächste Warenlieferung aus England?"

„Nächste Woche jlob ick, 32 Paletten."

„Dass sind ja nur 3.200 Geräte, ein Tropfen auf den heißen Stein. Allein die Öko-Asia-Handelskette will 5.000 Geminis am 15. geliefert haben. Der Händler ruft jeden Tag an und fragt ..."

„Herr Kautz, hier ist ein Einkäufer von der Metro dran, der will die Geschäftsführung sprechen."

„Soll uns een Fax schicken, ick hab´ jetzt keene Zeit!", gibt Kautz der Angestellten auf dem Flur zur Antwort.

„Herr Schmidt wo bleiben sie denn, das Telefon?"

„Ich komm ja schon Frau Selz - Momentchen noch".

„Klaus loof nich wech. Du wolltest ma doch von den Termin bein Wassaverbund erzählen", drängt Peter meinen Vater.

„Herr Kautz", spricht ihn, während er Vaddern am Arm festhält der Lagermeister an, *„Wir brauchen dringend zusätzliches Personal. So kommen wir nicht mehr gegen an."*

Die halbe Firma scheint sich vor dem Chefbüro verabredet zu haben. Es ist ein hektisches Kommen und Gehen.

„Klaus, wir haben Probleme mit den Zylindern. Ein Fahrzeug von TPC ist in eine Verkehrskontrolle geraten und hat eine Anzeige und ein Beförderungsverbot bekommen."

„Allex bitte. Ich habe für solche Scherze jetzt keine Zeit."

„Klaus das ist kein Scherz. Wir dürfen Zylinder nicht mehr befördern. TPC hat mich gerade angerufen."

„Wat?", Kautz bricht sein Gespräch mit der Personalleiterin ab, *„Wat haste de da eben jesacht Allex?"*

„Herr Kautz ..."

„Frau Brise sprechen se mit den Lajermeester, er braucht mehr Personal, wa. Ick hab jetzt keine Zeit für ihnen."

„Aber Herr Kautz ich weiß doch gar nicht worum es ..."

„Frau Brise SIE sind die Personalchefin, lassen se sich wat infallen!", wird Kautz laut und schiebt Vaddern und Könner in sein Büro.

„Verdammt, wat issen los, mit de Beförderung der Szylinder?"

Allex berichtet, dass die Transportfahrzeuge für die Zylinder zwangsbelüftet sein müssen. Plane mit Spriegel oder einen Drehlüfter auf dem Dach, wie die Eisenbahnwaggons.

„Die Firma TPC hat aber solche Fahrzeuge nicht in ihrem Fuhrpark", schließt Könner seine Erzählung.

Alle drei schauen sich verunsichert an. Das kann das Ende ihrer Firma bedeuten und der Sturz abwärts. Und das ausgerechnet jetzt, wo es aufwärts geht.

Als mein Vater uns abends besucht, wirkt er niedergeschlagen. Er erzählt von den Problemen mit der Beförderung von Zylindern und wenn ihm nicht schnell etwas einfällt, werden sie die Firma schließen müssen.

„Könnt ihr die Zylinder nicht mit der Post verschicken? Denn - ohne Lieferung von neubefüllten Kohlensäurezylindern ist das Gerät doch für eure Kunden wertlos!"

„Eben – du hast es erfasst Birgitta. Ob mit einer Spedition, der Post, der Bahn oder mit dem Flugzeug. Bei allen Beförderungsmöglichkeiten gibt es Einschränkungen, weil die Druckzylinder dem Gefahrengut zugeordnet werden. Nur eine private Beförderung weniger Zylinder durch die Kunden ist nicht verboten - so weit ich weiß. Darum werden wir die Firma schließenmüssen, wenn wir die wiederbefüllten Zylinder nicht in den Handel bekommen."

Ministerium und Lamento

„Peter, ich habe im Verkehrsministerium angerufen. Mit einem Direktor Passus vom Referat 43 gesprochen. Ein unsymphatischer Typ. Hat mich glatt abblitzen lassen und auf die **GGVS** *(Gefahrgutverordnung Straße) verwiesen."*

„Scheiße! Wir können dichtmachen, wa. Ohne de Kohlensäureszylinder sind de Jeräte für unsre Kunden wertlos. Det is ja wie Autos verkoofen und wenn det Benzin alle is, jibt es keenen Nachschub mehr."

„Verdammt, lass dich nicht hängen. Wir müssen einen Ausweg finden. Es muss doch irgendeinen Weg geben, wie wir aus der Misere rauskommen. Hast du nochmal mit TPC gesprochen?"

„Ja hab´ ick. Mit den Büroleiter", kommt es matt zurück.

„Und - was hat er gesagt?"

„Keine Chance, wenn det Verkehrsministerium nee sacht, dann heeßt dat nee. Ick hab´ dir ja jesagt, es hat keen Zweck, wir können dichtmachen. Wenn wa de Kohlensäureszylinder nich befördan dürfen könn´ wa ooch nich die Kunden mit Nachschub von Kohlensäure baliefan. Die Jeräte sind dann für unsre Kunden Müll".

„Verflucht – ruf den Sicherheitsbeauftragten von TPC an und bestell´ den her, ich will mit dem reden. Vielleicht weis der eine Lösung".

„Da hast´ de Jlück, der Kerl sitzt grad´ drüben, in Lager bei Allex."

„Was? Na da fahr ich sofort rüber, bis nachher".

Das Versandlager ist nur wenige hundert Meter von den Büros entfernt. Als Vaddern auf den Hof einbiegt, sieht er einen weißen DMC von der *TeutonenPäckchenCompany* vor dem großen Rolltor parken.

Mehrere Stufen aufmal nehmend und schon steht mein Vater auf der Verladerampe. Zwei Mitarbeiter bepacken eine Palette, auf der sich unsere Wassersprudler auftürmen. Sie sehen Vaddern verunsichert an, als er sie knapp grüßt und an ihnen vorbeihastet. Die wissen natürlich auch, was die Stunde geschlagen hat.

„Hallo Allex", begrüßt mein Vater den zweiten Inhaber in seinem kleinen, verglasten Bürokabuff und wendet sich sogleich der andere Person zu, die sich von dem Bürostuhl erhebt.

„Sie sind der Sicherheitsbeauftragte von TPC?"

„Ja - guten Tag. Mein Name ist Lamento, Ricardo Lamento. Ich bin Sicherheitsbeauftragter des Teutonen Päckchendienstes, Division Norddeutschland. Ich betreue unsere Kunden in allen sicherheits-relevanten Fragen des Gefahrguttransportes."

„Ja ja schon gut. Kommen sie zur Sache."

Auf Anhieb gefiel der Kerl meinem Vater nicht. Er schätzt ihn auf Ende 20, schlanke Figur und etwa 180 groß. Sonnengebräuntes, jugendliches Gesicht. Er trägt einen tadellosen Anzug, geschniegelt und gebügelt. Das dunkle Haar ist akkurat gescheitelt, alles an ihm scheint zu stimmen. Nur etwas zu glatt, zu angepasst wirkt er.

„Sie haben Herrn Könner sicherlich eine Lösung aufgezeigt?"

„Eine Lösung, Herr ...?"

„Schmidt ist mein Name", gibt Vaddern ihm zur Antwort. In der Hektik hat er vergessen, sich vorzustellen.

„Nein, also eine Lösung, die gibt es nicht", beendet der Jüngling seinen angefangenen Satz.

„Wie bitte, was sagen sie da, es soll keine Lösung geben", raunzt mein Vater ihn an: *„Das ist nicht ihr Ernst. Ich denke, ihr Unternehmen ist daran interessiert, unsere Waren zu transportieren."*

„Natürlich haben wir großes Interesse, ihre Firma als Kunde zu befriedigen, Herr Schmidt. Darum bin ich ja hier", entgegnet Lamento und wirkt gekränkt.

„Die vom Ministerium bestehen darauf, das nur zwangsbelüftete Lastwagen für die Beförderung unserer CO2-Zylinder zum Einsatz kommen?"

„Das ist richtig Herr Schmidt. Weil sonst die Gefahr besteht, dass der Fahrer, wenn er die Laderaumtür öffnet, von möglicherweise ausgetretenem CO^2-Gas, gesundheitlichen Schaden davonträgt. Das Gas kann, inhaliert, zum Erstickungsfall führen."

„Aha. Nun sagen sie mir mal. Zwangsbelüftete Fahrzeuge sind doch Lkws mit diesen Drehdingern auf dem Dach oder mit Planen, habe ich das richtig verstanden, Herr Lamento?"

„Herr Schmidt völlig. Das ist ja das Problem. Unser Fuhrpark, wir haben erst letzten Monat 20 neue Fahrzeuge von Weinlerer mit hydraulischen Laderampen bekommen, besteht überwiegend aus geschlossenen Fahrzeugen ohne Zwangsbelüftung. Darum sind wir gezwungen, sofort alle Zylindersendungen unseren Fahrzeugen zu entnehmen. Uns ist der Transport von der Ortspolizeibehörde auf Veranlassung der Straßenverkehrsbehörde untersagt," schließt Lamento bedeutungsvoll seinen Vortrag.

„Schade Herr Lamento, dann werden wir uns wohl nach einem anderen Transportunternehmen umschauen müssen, das diese Fahrzeuge zur Verfügung hat", stellte mein Vater ihm süffisant in Aussicht.

Mal sehen, ob das dem Jüngling Beine macht.

„Da werden sie wenig Glück haben, die Wettbewerber sind in der gleichen Situation wie wir. Das habe ich bereits Herrn Könner mitgeteilt", triumphiert der unverhohlen.

Mist, 1:0 für dich, du Kretin, dachte Vaddern bei sich und sagt laut: „Bedauerlich, äußerst bedauerlich. Was ist, wenn wir die Plastikkappen auf den Zylindern einschweißen lassen? Man könnte sehen, ob die Zylinder undicht sind und Gas austritt?"

„Oh nein, das geht nicht Herr Schmidt", das habe ich auf meinem letzten Seminar in Würzburg erfahren, das wird von den Behörden nicht akzeptiert."

„Ja, ja, Herr Lamento ich versteh. Und wie is´ es, wenn Ihr die Laderaumtüren etwas aufstehen lasst und mit einem Riegel oder so was Ähnlichem sichert?"

„Herr Schmidt, ich bitte sie", dabei schaut er meinen Vater an, als ob er an dessen Verstand zweifelt.

„Schon gut, schon gut. Eigentlich sind es ja sie, der uns beraten soll. Sie sind doch der Fachmann!"

„Natürlich, da will ich Ihnen nicht widersprechen Herr Schmidt", plustert sich Lamento auf: „Bei unserem letzten Sicherheitstraining in Fulda hatten wir auch das Thema Druckgaszylinder auf der Tagesordnung und es ergaben sich interessante Aspekte bei der Trans-

portproblematik ...“

Mein Vater unterbricht sein Gelaber: *„Und wenn wir spezielle Kunststoffkisten nutzen und darin die Zylinder transportieren?“*

„Davon rate ich dringend ab - Herr Schmidt. Damit kommen wir bei den Behörden nicht durch.“

So langsam geht Vaddern der Kerl auf die Nerven. Nichts, aber auch rein gar nichts lässt er gelten. Nein und noch mal nein. Bloß nicht, geht nicht, kriegen wir nicht durch. Nur Ablehnung der Vorschläge, aber selbst nichts Konstruktives beitragen und dazu noch eine hochwichtige Miene aufsetzen.

Währenddessen sitzt Allex die ganze Zeit daneben und schweigt. Aber was soll er auch sagen. Solche Dinge sind nicht sein Metier. Das ist Ok. Er kümmert sich um den Versand und das Drumherum. Das macht er mehr als gut. Für diese rechtlichen Probleme ist er nicht zuständig. Außerdem würde er sich zu verbindlich und verständnisvoll dem TPC-Mann gegenüber verhalten. Also muss mein Vater sich um diesen Wichtigtuer kümmern.

Aber so schnell gibt Vaddern nicht auf: *„Was ist denn, wenn wir einen Aufkleber mit Warnhinweis von außen an die Laderaumtür der Lkws anbringen? Der Hinweis darauf könnte doch lauten, dass der*

Fahrer nach dem Öffnen der Ladetür nicht sofort den Laderaum betritt?"

„Um Gottes willen, bloß das nicht", überschlägt sich Lamentos Stimme. In beschwörendem Ton raunt er: „Davon hat uns der Seminarleiter schon vor drei Jahren in München abgeraten. Durch Warnhinweisanbringung entsteht ein Sicherheitsgefühl, das nicht der Praxis entspricht und uns einer hohen Verantwortlichkeit mit nicht kalkulierbaren Schadensersatzansprüchen seitens der Verlader aussetzt!"

Dabei guckt er eindringlich ja geradezu bedeutungsvoll und weiter: „Bei der Beförderung ...".

Da unterbricht ihn mein Vater energisch: „Schluss mit ihren Geschichten Herr Lamento. Seit einer halben Stunde sitzen wir hier und ihnen fällt nichts anderes ein als alles abzulehnen und von ihren klugen Seminaren zu erzählen. In denen haben sie ja scheinbar viel gelernt. Nur nicht, wie ein Problem zu lösen ist!"

„Lieber Herr Schmidt, die Beförderungsbedingungen lassen es nicht zu, da es ...", salbadert der munter weiter.

„Nein - so nicht Herr Lamento! Schluss – ich mag nicht mehr zuhören. Nun sage ich Ihnen mal was zum Thema „Beförderung". Jetzt befördere ich. Und zwar Sie - nach draußen! Nehmen sie ihre Tasche mitsamt ihren klugen Unterlagen und besuchen sie ihr nächstes Seminar, aber *nie wieder unsere Firma! Ich will sie hier auf dem Betriebsgelände nicht mehr sehen. Die Besprechung ist beendet!"*

Wütend springt Vater auf und weist dem Sicherheitsberater die Tür.

Der schnappt sich seine Tasche. Klemmt sich den Sicherheitsordner unter den Arm und verlässt fluchtartig, ohne auf seine Sicherheit zu achten, Hals über Kopf die Lagerhalle.

„Klaus das kannst du nicht machen, wir brauchen doch TPC. Wir sind auf die angewiesen", tadelt Allex.

Jetzt fängt der auch noch an, aber Vaddern ist grad' richtig in Fahrt: *„Wofür Allex brauchen wir die - fürs Nichtbefördern unserer Zylinder? Der Kerl ist doch ein Wichtigtuer und Klugschwätzer. Der hilft uns nicht, der hält uns nur auf."*

„Hast ja irgendwie recht", kommt es vom Firmenmitinhaber zurück.

Vielleicht hat mein Vater sich im Ton vergriffen und als Berater auch seine Kompetenzen überschritten. Hier geht es aber um mehr, als nur um Höflichkeitsfloskeln. Die Existenz der Firma steht auf dem Spiel. Versteht das denn niemand hier, oder ist der Ernst der Lage noch nicht durchgedrungen.

Manchmal sucht Vaddern schon die Verzweiflung heim und so fährt er zurück in sein Büro und ruft sofort das Verkehrsministerium an. Dort wird er jedoch abgebügelt und erneut auf die Bestimmungen der GGVS (**G**efahren**G**ut**V**erordnung**S**traße) verwiesen. Mein Vater schimpft auf die Bürokraten und bittet Frau Selz das Sachbuch in einer Buchhandlung zu bestellen.

Peter ruft am Nachmittag an: *„Klaus det olle Sicherhaitsbuch kostet 500 Märker! Szu teuer - det muss doch nicht sein."*

„Du hast Recht Peter. Das ist teuer. Fachbücher kosten wegen der geringen Druckauflage nun mal mehr als normale Bücher. Wenn du meinst, das muss nicht sein, dann storniere die Bestellung. Du bist der Chef. Nur – eure Firma muss auch nicht sein. Wenn ich die retten soll, muss ich doch wissen, worauf sich die Sesselfurzer berufen. Kein Buch? Ok – nichts geht mehr! Also werde ich gleich mal meinen Schreibtisch aufräumen."

„Sei nich so empfindlich, wa. Man wird mal doch wat sajen dürfen."

GGVS

Früh am Morgen besteigt mein Vater den ICE nach Düsseldorf. Auf seinem Schoß liegt die GGVS. Die *Gefahrgutverordnung Straße*. Ein Wälzer mit über tausend Seiten. Er schlägt das Buch auf. Es wimmelt seitenweise von Paragrafen, Verweisen, Bezugnahmen und Einschränkungen. Für den Laien undurchdringlich. Vadderns Reaktion; zuklappen und weglegen.

Dann besinnt er sich doch eines anderen. Er muss, ob er will oder nicht, sich durch diesen Wälzer durchhangeln. Seine Hoffnung besteht darin, irgendetwas zu finden, dass bei der Zylinderproblematik weiterhilft. Noch nie ist ihm die Zeit so schnell vorbeigerast, ehe er auch nur ein Bruchteil des Buches gelesen hat. Die Durchsage, dass der Zug in wenigen Minuten in den Düsseldorfer Hauptbahnhof einfahren wird, stoppt meinen Vater bei der Lektüre. Deprimiert, weil er nichts entdeckt hat und vom Text nur *Bahnhof* versteht, legt er den Wälzer in seine Reisetasche zurück.

Er muss sich auf das anstehende Treffen mit Frau Winkler konzentrieren. Sie ist die Leiterin der Kundenberatung bei dem städtischen Wasserversorger der Stadt Düsseldorf. Was Vaddern zu diesem Zeitpunkt nicht weiß, dass die Düsseldorfer Wasserwerke von der Kommune an einen privaten Investor verkauft werden sollen. Weitere Wasserversorger in Deutschland werden diesem Beispiel folgen. Damit wollen viele Kommunen ihre maroden Haushalte sanieren. Einige Politiker vertreten die Ansicht, dass private Betreiber der Wasserversorgung wirtschaftlich effektiver zum Wohle der Endverbraucher arbeiten werden. Unseres Vaters Anschauung ist, dass Trinkwasserversorger nicht in private Hände gehören, sondern bei den Kommunen verbleiben sollten.

Mit einem Sodastream-Gerät unter dem Arm steigt mein Vater aus dem Taxi und steht vor dem Gebäude der Wasserwerke Düsseldorf. An der Anmeldung stellt er sich vor.

Die Rezeptionistin lächelt: *„Moment bitte. Ich werde Frau Winkler informieren, dass sie da sind."*

Nette Leute hier in Düsseldorf. Das tut gut und lenkt Vaddern von seinen Problemgedanken ab.

Eine flotte dunkelhaarige Mittvierzigerin kommt auf ihn zu: *„Hallo Herr Schmidt, mein Name ist Winkler. Schön, dass sie da sind. Und was mitgebracht haben sie uns auch, wie ich sehe."*

Mein Vater begrüßt sie und ihm werden die 3 Mitarbeiter von Frau W. vorgestellt. Sie wirken kompetent. Die Abteilung strukturiert und die anwesenden Kunden werden freundlich und in überzeugender Art beraten. Frau Winkler hat anscheinend alles gut im Griff.

Das macht Eindruck und Vaddern stellt sich insgeheim die Frage, wann es denn mal bei Sodastream in Schelmenhorst so weit sein wird, dass alles wohlgeordnet abläuft.

Frau Winkler und ihre Mitarbeiter sind schier begeistert vom Trinkwassersprudler, der wassertriefend auf einer Anrichte steht. *„Herr Schmidt, liefern sie uns bitte schnellstmöglich 100 Geräte. Damit wir die unseren Kunden im Beratungszentrum anbieten können."*

„Gerne Frau Winkler. Das werde ich gleich per Mobiltelefon veranlassen. Danke für Ihr Vertrauen."

Der herzliche und interessierte Empfang in Düsseldorf hat meinen Vater beflügelt und er denkt an die vielen anderen Wasserwerke. Über tausend soll es in Deutschland geben, nennt ihm Frau Winkler die aktuelle Anzahl. Seine Stimmung wird daher nicht getrübt als er, wieder im Zug, den Wälzer „GGVS" erneut hervorholt.

Und wieder quält Vaddern sich durch die Seiten, bis er innehält. So kommt er nicht weiter. Die einzelnen Paragrafen und Bestimmungen sollte er außen vorlassen. Das wird zu unübersichtlich und verwirrt ihn nur. Er konzentriert sich nun auf die jeweiligen Kapitel und versucht, daraus abzuleiten, ob dort eine Lösung zu finden ist. Wieder vergeht die Zeit wie im Zuge. Kurz vor Osnabrück erregt eine Überschrift seine Aufmerksamkeit:
  - Ausnahmegenehmigung -

Ein bedeutsamer Begriff. Das kann etwas sein. Vielleicht gibt es auch eine Ausnahmegenehmigung für das Problem von Sodastream. Er blättert die Seiten durch und - Halt!

Vaddern liest: *„Fahrzeuge der Feuerwehr sind von den Paragrafen §* *27 Absatz 5, § 156 Absatz 4, 1-3 und § 158 befreit!"* Er blättert hastig die Seiten um und sucht nach den drei Paragrafen 27, 156 und 158.

„Oh," und nochmals, *„Oh!"*, entfährt es ihm. Die Beschreibung der Beförderung von Druckgaszylindern in zwangsbelüfteten Fahrzeugen auf öffentlichen Straßen. Wie es der Beamte vom Ministerium vor ein paar Tagen am Telefon runterleierte. Das ist doch das Sodastream-Problem. Die Beförderung in zwangsbelüfteten Fahrzeugen. Und nun liest mein Vater hier, und sein Erstaunen wird immer größer, dass die Feuerwehr von diesen Auflagen befreit ist.

Nun versteht auch er. Na klar, Handfeuerlöscher werden mit CO^2 betrieben und die Zylinder sind mit den Sodastream-Zylindern bauartgleich. Das ist ja 'n Ding. Zwischenzeitlich weiß jeder in der Firma, dass CO^2 erstickend wirkt und eben auch oder gerade deshalb die Feuerwehr dieses Gas zum Feuerlöschen einsetzt. Diese Ausnahmegenehmigung ist eine faustdicke Überraschung. Sofort notiert sich mein Vater die Seite mit der wichtigen Information und kann es kaum erwarten, in die Firma zu kommen. Der Taxifahrer erhält ein dickes Trinkgeld, denn Vaddern ist in

Hochstimmung, wie elektrisiert. Sollte er die Lösung des Problems tatsächlich gefunden haben? Im Eilschritt düst er durch den Firmeneingang und schaut weder rechts noch links.

„Hallo Herr Schmidt. Herr Könner hat nach ihnen gefragt“, hört er im Vorbeigehen die Rezeptionistin rufen.

„Keine Zeit Frau Wilke, später.“

Vaddern hastet die Treppe hinauf. Bürotür auf, GGVS rausholen, Tasche in die Ecke. Der Zettel mit der Telefonnummer vom Ministerium liegt noch neben dem Kalender. Telefonhörer aufnehmen - die Nummer wählen ...

„Ministerium für Wirtschaft, Arbeit und Verkehr.“

„Firma Sodastream, Schmidt. Bitte stellen Sie zu Herrn Ministerialrat Passus durch.“

„Dort ist niemand mehr. Rufen Sie morgen wieder an!“

Vaddern schaut auf die Uhr. !5 Uhr 10 ist es mal gerade.

Nächster Morgen: *„Verkehrsministerium, Ministerialrat Passus.“*

Hört mein Vater die unbeliebte Stimme am Telefon. Er holt tief Luft: *„Guten Morgen Herr Passus, hier ist die Firma Sodastream. Es geht nochmal um die Zylinderbeförderung."*

„Es ist doch alles geklärt. Sie sind darüber informiert, dass sie ihre Druckgasbehältertransporte in zwangsbelüfteten Fahrzeugen vornehmen müssen. Das steht in der Gefahrgutverordnung-Straße. Da können sie alles nachlesen!"

„Die GGVS haben wir uns schon besorgt, Herr Passus."

„Na dann muss ich ihnen die Paragrafen ja nicht noch einmal vorlesen. Sie sind ja informiert."

Mein Vater darauf mit fester Stimme: *„Das bin ich, Herr Passus, das bin ich bestens. Darum beantrage ich eine Ausnahmegenehmigung für unsere Transporte. Eine Befreiung von dem Paragrafen, der die Beförderung mit zwangsbelüfteten Fahrzeugen vorschreibt."*

Passus spöttisch: *„Eine Ausnahmegenehmigung können sie nicht bekommen Herr Schmidt. Wie wollten sie die auch begründen."*

„Gleiches Recht für alle, Herr Passus. Auf eine der letzten Seiten der GGVS ist eine Ausnahmegenehmigung für die Feuerwehr aufgeführt. Die Feuerwehr ist von der Bestimmung befreit."

Passus mit staatstragender Stimme: *„Herr Schmidt! Sie können ihre Firma doch nicht mit der Feuerwehr gleichsetzen. Die Feuerwehr nimmt hoheitliche Aufgaben zum Schutze der Bevölkerung wahr."*

Daraufhin Vaddern beiläufig: *„Herr Passus, ist es richtig, dass CO_2–Gas übermäßig eingeatmet zum Erstickungstod führen kann?"*

„Das trifft zu Herr Schmidt. Darum darf zum Schutz der Fahrer auch nicht auf zwangsbelüftete Fahrzeuge verzichtet werden."

„Das habe ich verstanden Herr Passus. Warum aber gilt das nicht für die Feuerwehr? Die haben eine Ausnahmegenehmigung und dürfen die Gefahrgutzylinder auch in geschlossenen Fahrzeugen transportieren. Wenn der Feuerwehrmann die Laderaumtür öffnet und aus einem beschädigten Zylinder CO_2-Gas austritt, dass er einatmet, ist seine Gesundheit dann nicht gefährdet?"

Schweigen bei dem Beamten. Vaddern setzt nach. Jetzt kommt sein Triumph, der ihm auf der Rückfahrt von Düsseldorf eingefallen ist. Eine Argumentation, die stichhaltig so überzeugt, dass sie keine Interpretationslücke offenlässt.

„Herr Passus! Entweder das Gas ist nicht annähernd so giftig, wie behauptet wird oder der Verwaltung in ihrem Ministerium ist die Gesundheit und das Leben Tausender Feuerwehrmänner in Deutschland gleichgültig!"

Nach einer Pause mit leiser Stimme: *„Herr Schmidt - bitte nennen sie mir die Seite der GGVS, wo die Ausnahmegenehmigung zu finden ist, und gedulden sie sich bitte bis morgen Mittag. Ich rufe sie dann an."*

„Das findet meine Zustimmung Herr Passus - auf Wiederhören."

Am nächsten Morgen ruft ein Verwaltungsangestellter des

Verkehrsministeriums bei meinem Vater an und erklärt, dass eine Ausnahmegenehmigung betreff der Zylinderbeförderung noch am heutigen Tage rausgeht.

Sprudelverband

Mein Vater fährt mit dem Journalisten und Werbeagentur-
betreiber Thorsten B. nach Bad Rodelberg. Er folgt einer
Einladung des Sprudelverbandes zu einem Gespräch. Auf der
Zugfahrt erzählt er seinem Begleiter von seinem Einkaufstrip in
die Öko-Asia-Filiale in Nehmen. Sein Vorhaben – inkognito
einen Wassersprudler zu kaufen.

Vaddern betrat die Filiale. Er wollte das Kaufinteresse bei dem
Wassersprudler erkunden. Nach minutenlanger Suche sah er in
dem überfüllten Laden eine gestresste Verkäuferin und steuerte
auf sie zu: *„Ich möchte eine Sprudelmaschine kaufen. Sodacream, oder
wie die Dinger heißen."*

*„AUSVERKAUFT. Tragen sie sich hier mit Namen, Adresse und
Telefonnummer ein!"*, dabei schob sie Vaddern gestresst eine Liste
über den Ladentisch.

„Wie ausverkauft? Liste? Was soll ich damit?"

*„Tragen sie sich bitte ein. Als einhundertdreiundzwanzigster Inte-
ressent informieren wir sie, sobald wir neue Ware hereinbekommen."*

„Warum habt ihr keine Geräte mehr?", ich nehme auch gerne das
ausgepackte Model - das auf dem Tischchen."

„Geht nicht. Das ist unser Vorführgerät – unverkäuflich. Der Lieferant kommt mit den Bestellungen nicht nach. Die schlafen wohl in der Produktion und wir haben den Nerv dadurch."

Vaddern verlies mit diesen neuen Erkenntnissen die Filiale.

Die Erzählung ist beendet, als der Zug im Bad Rodelberger Bahnhof einfährt. Mit einer Taxe gelangen mein Vater und sein Begleiter zum Verband.

Dort werden sie freundlich aber reserviert begrüßt und an einen runden Tisch gebeten. Der Ober-Rechtsanwalt von insgesamt vier anwesenden Juristen eröffnet das Gespräch. Eigentlich ist es kein Gespräch; eher ein Monolog. Der Advokat verweist auf den gesetzlichen Schutz des Begriffes *Mineralwasser* und das dieses nicht mit einer Küchenmaschine hergestellt werden kann! Ergo darf Sodastream auch nicht diese Bezeichnung für sein aufgesprudeltes Leitungswasser verwenden. Wenn die Firma dies nicht sofort unterlässt, wird der Verband Sodastream verklagen.

„Da werden hunderttausende Mark an Schadensersatz auf sie zukommen. Von den Gerichts- und Anwaltskosten ganz zu schweigen!", wendet sich der Rechtsanwalt an meinen Vater und seine Stimme nimmt dabei einen drohenden Unterton ein.

Vaddern schaut gerade aus dem Fenster und flüstert in diesem

Moment seinem Sitznachbarn zu: „*Thorsten, schau mal. Eine diebische Elster sitzt auf der Terrasse und setzt einem fleißigen Eichhörnchen zu.*"

Thorsten B. schaut verblüfft und erhebt sich, wie mein Vater, vom Gestühl und beide Verlassen grußlos den Raum.

Wenige Tage später erreicht ein gerichtliches umfangreiches Schriftstück Sodastream. Der Verband muss bereits vor dem Treffen mit meinem Vater die Klage formuliert und beim Gericht eingereicht haben!

2. Zyl.-Kontrolle

Der Handel bestellt wie verrückt die Wassersprudler. Lkw aus Dänemark und Großbritannien stehen auf dem Betriebsgelände Schlange um den Warennachschub abladen zu können.

Gegenseitig blockieren die Speditionen mit ihren Lastern die Firmeneinfahrt. Könner fordert einen Fahrer auf, den Hof zu verlassen und erkennt dabei nicht, dass der Lkw aus GB mit frischen Wassersprudlern kommt.

„Du musst hier weg. Unsere Umzug-Lkws kommen angefahren."

„I Can´t understand you. What´s the matter?"

„Go wech, go away. Ju kenn not stäh hier!"

Als der Fahrer flucht und mit seinem Lkw vom Hof fährt, geht Könner zufrieden zurück in die Halle. Der Lagermeister überreicht ihm ein Schreiben vom Verkehrsministerium. Im Text heißt es, dass die Ausnahmegenehmigung auch als Kopie in dem Transportfahrzeug mitgeführt werden kann. Das Problem des fehlenden Originals der Ausnahmegenehmigung hatte Allex am Morgen bei einem Telefonat mit dem Ministerium angesprochen und auf dieses Fax bereits gewartet.

Triumphierend hält Allex das Fax seinem Geschäftspartner Peter unter die Nase: *„Siehst du, ich kann das auch ohne den Schmidt!"*

Der Ministeriale war doch nett. Dein Berater Schmidt ist einfach nur unhöflich und dreist zu den Leuten. Wie man in den Wald hineinschreit so kommt es auch wieder heraus!", verläst Allex das Büro von Peter.

Nun marschiert Vaddern, ohne zu klopfen, in das Büro nebenan: *„Moin Peter. Na der Laden brummt ja enorm – nach jahrelangem herumgekrebse. Ich komme gleich zur Sache. Du hast mir bei unserem letzten Umtrunk, endlich deine Anerkennung für meine Arbeit gezollt. Darum bin ich auch der Ansicht, ich sollte Anteile an der Firma überschrieben bekommen."*

„Wieso det denn? Du hast doch all´s wat det Herz bejehrt. ´N Auto, ´n Handy, freiet Tanken und Spesen. Szusätzlich jeden Monat 10.000 auffe Hand. Wat willst´ de denn noch?"

„Was ich noch will? Du kannst vielleicht fragen! Wir machen mittlerweile Millionenumsätze – durch meine Arbeit - und du fragst, was ich noch will? Vergiss nicht, dass du beim Betriebsfest zu mir gesagt hast, dass 75 % des Firmenerfolges mir zuzuschreiben sind!"

„Kumpel ereifer dir nich. Da muss ick besoffen jewesen sein, wenn ick des su dir jesacht hab´, wa. Letzten Monat haste´ 40.000 Piepen von mir extra jekriecht; is det nischt?"

„Nee, det is nischt. Du und dein unfähiger Partner seid mittlerweile mehrfache Millionäre und ich schau in die Röhre!"

„Is ja jut, mein Freund. Rej dir wieder ab – det is nich jut für dein Herz wa. Ick sprech´ morjen mit Allex drüber".

Und Peter denkt im Stillen: – Mist, ick wird ihm noch mal Extrakohle anbieten müssen. Kriejt den Hals nich voll. Hoffentlich kommt er nich aufen Vertrach zu sprechen. Da hat er mir damals schön reinjelecht; mit 5 % von den Umsatz - der Jauner von ´nem Berata. Aber ick jeb ihm nix mehr. Höchstens 40.000.

Und laut sagt Peter zu Vaddern: „Kumpel rech dir nich uff, ick jeb da 20 tausend noch extra wa."

Aha. Nun will er mit Extra-Geld vom Thema ablenken. Damit lässt Vaddern sich nicht abspeisen, von dem Geldgeier.

„Peter, das ist nicht dein Ernst. Vergiss unseren Vertrag nicht!"

„Bleib cool meen besta Freund. Ik erhö´ auf 30 tausend - lech ick dir morjen früh aufen Schreibtisch, wa. Dann is et aber jut!"

„Ok, erst mal. Und noch was. Mit deinem Partner Allex brauchst du nicht reden - der ist sowieso gegen mich. PETER, ich meine es ernst mit den Firmenanteilen. Für nächsten Donnerstag um 16:00 Uhr habe ich einen Termin beim Notar vereinbart. Für die Überschreibung von 25% Anteile der GmbH – auf mich!"

„Wat has de? Ohne mir zu frajen? Dat kannste dir abschreiben. Ick komme da nich mit."

„Das solltest du aber. Auch im Interesse der Firma."

„Willst´ ma droh´n?"

„Ich wiederhole mich nicht gerne. Triff eine kluge Entscheidung – mehr sage ich dazu nicht."

Vadderns Puls ist auf 180 und er verlässt grußlos das Büro von Kautz.

Der Moderator droht

„Herr Kautz, der GBE in der Leitung, soll ich durchstellen?"

„Ja, - Kautz!"

„GBE – Eimer hier. SIE sind doch der Inhaber der Firma, oder? Dieser Schmidt ist ein Betrüger, er hat seine Zusagen nicht eingehalten."

„Hallo Herr Eimer. Schmidt kann gar keine Zusagen machen, der ist doch nur Berater bei uns."

„Das interessiert mich nicht, was Sie da beide in ihrem Lädchen auskungeln. Sie werden schon sehen, was Sie davon haben. Das macht man nicht mit mir. Guten Tag."

Das Gespräch wird abgebrochen, bevor Kautz etwas sagen kann. Seine Mine verdunkelt sich und er geht nach nebenan – zu meinem Vater.

„Rat mal, wer mir eben anjerufen hat."

„Der Eimer vom GBE? Ich seh´s Dir an."

„Der droht ma. Wat könn´ wa tun?"

„Mir hat er auch schon am Telefon gedroht, dass er uns in seiner nächsten Sendung fertigmachen wird."

„Det is ja Erpressung, wie is der denn druff? Ruf ´n Anwalt an."

„Alles schon geklärt, Peter. Es sind bereits Schutzmaßnahmen getroffen. Die Telefonate mit dem Moderator werden laufend auf einem Kassettenrekorder aufgezeichnet und bei unserem Rechtsanwalt hinterlegt."

„Wat? Iss det nich vaboten?"

„Normalerweise schon. Hier handelt es sich aber um einen Beweisnotstand - sagt der Anwalt."

„Prima, und de Bänder schicken wa zum GBE. Dann is Ruhe im Karton."

„Nein Peter. Sollten wir nicht machen. Erst mal schauen, ob er tatsächlich hinterhältig wird."

„OK, auch jut. Also Jespräche aufnehmen, sammeln und abwarten, wa?"

Intendant

Das neue Auto von Vaddern steht vor dem alten Büro. Hinter dem Puffvorhang sucht er nach vergessenen Unterlagen und hereinkommt - Petra. Sie scharwenzelt und kichert um Vaddern herum.

Schnell rafft der die gefundenen Unterlagen zusammen und verlässt das ehemalige Büro. Petra schaut ihm verdutzt hinterher und besteigt ihren Sportwagen – ein Geburtstagsgeschenk von Peter – und braust davon.

Vaddern stellt derweil sein Fahrzeug vor dem neuen Firmendomizil ab und geht zum Büro von Peter.

„Jut dat de kommst Klaus. Der Eimer hat schon wieda anjerufen und jedroht. Ick jlob, der meent et ernst, wa. Wie könn wa den Mistkerl nur davon abhalten, dat der in seiner nächsten Sendung unser Jerät mies macht?"

„Ich werde dem Intendanten vom GBE schreiben."

„Jute Idee Klaus, dann sind wa den los."

„Nein, nein. Ich schreibe etwas anderes, als du denkst. Dass wir dem GBE zu Dank verpflichtet sind und mittlerweile genug verdienen, dass wir für eine Million Fernsehwerbung beim GBE machen werden.

Und den Eimer werde ich für seine Sendung loben."

„Wat is los? Biste jetzt völlig durchjeknallt?"

Wenn der Intendant den Eimer daraufhin anspricht, wird der wohl schlecht unser Gerät fertigmachen können. Damit würde er ja den Werbeauftrag gefährden."

„Vasteh ick, aber warum solln wa für ne Mio Werbung machen? Wir verkoofen doch auch ohne Werbung jenuch, wa."

„Weiß ich doch alles. Wir wollen ja gar nicht werben. Alles nur zum Schein. Ich habe, damit es echt wirkt, die Werbeabteilung vom GBE für nächste Woche zu uns herbestellt. Es muss halt alles sehr glaubhaft wirken."

„Ach so, jetzt vasteh ick dir komplett. Du willst se locken - nischt mehr. Du bluffst, wie n Pokerspieler, stimmts?"

„Stimmt, mein Guter. Du hast es erfasst. Und damit die Sache überzeugend ist, werde ich der Werbefilmabteilung vom GBE detailliert aufzeigen, wie die Werbung für unseren Trinkwassersprudler auszusehen hat. Keine Sorge. Es wird nichts unterschrieben."

„Raffiniert! Klaus, mit dir möcht´ ick ma keene Probleme kriejen."

„Bekommst du auch nicht Peter. Solange du mich nicht übervorteilst."

140

Petit Fleur in Luxembourg

„Herr Scholter – wir werden da drüben reingehn. Die haben noch auf."

„Ich weiß nicht, vielleicht sollten wir den Abend beenden," entgegnet der meinem Vater.

„Beenden, wieso denn beenden, es ist noch früh. Endlich haben wir mal Zeit, uns über die Firma auszutauschen."

„Noch früh ist richtig. Es ist halb drei morgens!"

„Aber es gibt viel zu besprechen, da sind wir uns einig - oder?"

„Ja gut, auf ein letztes Bier. Ich muss morgen früh auf unserem Stand auf der Messe sein."

Und so steuert mein Vater der Berater und Jonny Scholter der Geschäftsführer, gemeinsam auf das *Petit Fleur* auf der anderen Straßenseite zu. In diesen Morgenstunden ist in Luxembourg die Katze begraben und sie sind froh noch ein Café gefunden zu haben. Zumindest hängt über der Eingangstür ein Schild mit dieser Bezeichnung. Herr Scholter öffnet die schwere Holztür und bleibt wie angewurzelt stehen.

„Was is Jo, warum gehst du nicht weiter?", fragt Vaddern.

„Ich glaube, hier sind wir nicht richtig, das ist ja ein ...", bricht er seinen Satz ab.

Ein Etablissement - jetzt sehe ich es auch, oder zu Deutsch- ein Puff! *„Nun geh´ rein. Wir wollen ja nur ein Bier trinken. Die werden uns schon in Ruhe lassen"*, und dabei deutet mein Vater auf die drei Grazien am anderen Ende der langen Theke.

Verdammt heiß da drinnen. Darum sind die Damen spärlich mit Slip und BH bekleidet. Vaddern und Jo erklimmen mühsam die Barhocker und bestellen bei der grell geschminkten Bedienung zwei Flaschen Bier.

„40 Mark, Monsieur - mon Cher", flötet sie und lässt ihre Wimpern klimpern.

Vierzig Mark für 2 Flaschen Bier? Vaddern glaubt, sich verhört zu haben.

„Fourteen?", fragt er nach.

„No, vierzähn – vierzisch Deutsch Mark, mein Err", erwidert die Bardame lächelnd.

„Ok, was solls", schiebt mein Vater für die Flaschen zwei Scheine der vollbusigen Dame hinter der Theke zu. Sie würden ja eh nur dran nuckeln. Währenddessen sind, schwuppdiwupp, zwei der

leicht Bekleideten an die Seite der Neuankömmlinge gehuscht. Schon sitzt die Brünette auf dem Schoß von Jo. Unterdessen nestelt die Schwarzhaarige an Vadderns oberen Hemdknopf herum. Na die haben es aber eilig. Kein Wunder – sind doch die beiden die einzigen Gäste in diesem *Café*. Jo sitzt kerzengrade auf seinem Barhocker und die Russin Ludmilla, so hat sie sich vorgestellt, auf seinem Schoß.

Jo schaut Vaddern verschämt an: *„Die könnte meine Tochter sein, das geht doch nicht!"*

„Wieso deine Tochter? Warst du vor 20 Jahren mal in Russland?", grinst Vaddern ihn dabei eindeutig an.

„So meine ich das doch nicht Herr Schmidt - vom Alter her", und dabei dreht und windet er sich aus der Umarmung von Ludmilla.

Die dunkelhaarige Russin, die sich mittlerweile am zweiten Hemdknopf meines Vaters zu schaffen macht, spricht verständliches Deutsch und Vaddern bietet ihr eine Wette an. Wenn er Ihren Namen errät, müssen sie und ihre Kollegin sich zurückziehen. Die mehrmaligen Hinweise an die Damen, dass mein Vater und sein Begleiter nur an geschäftlichen – nicht an geschlechtlichen - Gesprächen interessiert sind, haben nicht gefruchtet. Erst recht nicht, als Vaddern eindringlich versichert, dass sie keine Gays seien. Das geht nicht in ihre hübschen Köpfe rein, dass zwei Kerle um diese Uhrzeit in einer Nachtbar nur über die Firma reden wollen. Aber es ist tatsächlich so. Mein Vater wird die beiden nur los, wenn er die Wette gewinnt.

„Natascha heißt du, stimmt 's?", vermutet er aufs Geratewohl und sie schaut ihn überrascht mit ihren stark geschminkten Kulleraugen an.

„Dass Ludmilla dir erzählt. Du das gewusst."

„Nein, nein, ich nix gewusst."

Und zu Jo gewandt schimpft mein Vater: *„Was is die blöd. Das weiß doch jeder, dass russische „Damen" sich meistens „Natascha" nennen. Will die mich für dumm verkaufen. Das kann sie haben. Dann werde ich sie auch mal auf die Schippe nehmen."*

„Ich Hellseher, Magier. I 'm Magic Smith *you understand? Darum ich deinen Namen wissen, Natascha!"*

Ludmilla und Jo hatten die Angriff- bzw. Abwehrkämpfe eingestellt und hörten interessiert zu.

„Ah, ich understand", kicherte Natascha, während sie Vadderns 3. Hemdknopf erfolgreich öffnet, *„When you ein Magier, so you can see in oure Köpfe?"*

„Natürlich kann ich eure Gedanken lesen. Yes i can."

„Ok, then you now, du wissen. Ludmilla und Natascha like to drink, Champagner.", gurrte sie meinen Vater an.

Ein Aas. Die wollten sich nicht abschütteln lassen. Da half nur noch Härte. Vaddern knöpfte sein Hemd wieder zu und schaute der Bedienung ernst in die Augen: *„Sie verstehen doch Deutsch. Also dann hören sie mir mal gut zu. Ich spendiere den Damen eine Flasche Wein. Aber nur, wenn sie sich sofort wieder an ihre Plätze am anderen Ende der Theke setzen und uns in Ruhe lassen. Andernfalls gehen wir sofort. Ist das jetzt klar?"*

„Selbstverständlich mein Herr, eine Flasche Champagner für die Damen," strahlt sie Vaddern an.

Zwei Worte auf Französisch von ihr und die Mädels tippelten, nicht ohne den beiden Männern noch einen verheißungsvollen Augenaufschlag zuzuwerfen, an ihre Plätze zurück.

„Uff, das wäre geschafft", seufzt mein Vater.

Nun kann er sich mit Herrn Scholter über Firmenbelange unterhalten. Im aufreibenden Tagesgeschäft kamen sie ja nie dazu.

„Herr Schmidt, meine Frau nutzt auch einen GEMINI. Einmal legte sie die Kunstofflasche in die Spülmaschine. Was glauben

sie, was nach dem Waschvorgang herauskam?"

„Na was schon. Eine vernormte Fasserwlasche, was denn sonst? Hast du ihr nicht gesagt, dass die Falaschen nur bei 30 Grad von Hand gereinigt werden dürfen? Mit einer weichen Flaschenbürste un – hick Jo- etwas Sitronenzäure."

„Habe ich ihr alles schon einmal erklärt. Herr Schmidt! Warum gibt es keine Glasflaschen für unser Gerät?"

„Bei ziech Flaschgassenhersteller in Deutschland und Europa habe ich schon nachgefraacht. Die Flaschen würden durch den Druck beim reinsprudeln explodieren – Bumm Jo!"

„Aber die könnten doch dickwandiges Glas verwenden!"

„Ne ne mein Lieber. Das geht nich. Dann passt nur noch Nullkommaszwei Liter Wasser in die 1 Liter-Flasche. Oder - wir müssten ein doppelten – hicks- so großes Gerät bauen lassen."

Und das anregende Gespräch geht weiter und die Getränke nicht aus. Dafür sorgt schon die Bedienung. Dabei vergisst sie nicht, auch sich regelmäßig etwas einzuschenken. Und so reden und reden die beiden und auf einmal ist es kurz nach 6 Uhr. Donnerwetter - was die beiden da alles zu besprechen hatten. Und immer wieder diese Wiederholungen. Weil jeder glaubt, der andere würde es nicht verstehen, wenn er es nicht mehrmals gesagt bekommen würde. Die leicht bekleideten Damen sind seit geraumer Zeit verschwunden und auch Vaddern und Jo werden freundlich aber bestimmt hinauskomplimentiert.

„Jo", lallt mein Vater und hält ihm die Tür auf, „bis nachher auf der Messe, um acht."

Herr Scholter besteigt eine Taxe und mein Vater torkelt durch die Seitenstraße zu seiner Zweitwohnung, die er vor ein paar Monaten in Luxembourg angemietet hat. Mühsam überquert er gerade eine Eisenbahnüberführung. Warum schwanken die Eisenbahnschienen unter der Brücke, das machen die sonst nicht, wundert er sich. Mein lieber Schwan, das waren wohl doch ein paar Bier zu viel gewesen. Gleich erst mal duschen, da wird er wieder fit und dann zur Messe. Er ist zwar nicht verpflichtet, auf dem Messestand zu erscheinen, aber er hatte es Jo versprochen und sein Wort will er halten.

Sodastream Deutschland ist mit einem Stand auf der Messe „Internationaler Tag des Wassers" vertreten, die der Bundesverband aus Born veranstaltet. In diesem Jahr ist es eine Kooperation mit dem Luxembourger Wasserverband. Die Veranstaltung ist auf dem Kirchberg, dem Messezentrum. Es kommen Fachbesucher aus vielen europäischen Ländern. Da ist es wichtig für die Firma Sodastream mit ihrem Wassersprudler vertreten zu sein. Zumal die Firma auch die Alleinvertriebsrechte für die BENELUX-Staaten bekommen soll.

Hausschlüssel raus, Vaddern ist elend zumute. Etwas unfein kann man auch sagen *zum Kotzen*. Als Erstes sucht er das Bad auf und inspiziert die Toilettenschüssel. Nach der erforderlich gewordenen Grundsäuberung legt er sich aufs Sofa. Nur eine Minute dösen, dann wird er unter die Dusche marschieren. Entsetzlich, wie sich alles um ihn dreht, sobald er sich in der Horizontalen befindet. Also wieder hoch und erneut ins Bad - zur WC-Besichtigung. Krämpfe schütteln den Körper meines Vaters. So elend war ihm noch nie. Erneut musste er sich am Sanitärmöbel festhalten. Er k..... sich die Seele aus dem Leib.

Wenige Schritte bis zum Sofa und sein geplagter Körper fällt sofort in einen tiefen Schlaf, von dem er erst um 13 Uhr erwacht. 13 Uhr! Er wollte doch um 8 Uhr auf der Messe sein. Schmidt du bist kein Vorbild, schimpfte er mit sich und erhebt sich vom Sofa. Kaum in der Senkrechten angekommen, legte er sich sofort wieder hin. Sein Kopf mochte diese abrupten Bewegungen überhaupt nicht und droht zu platzen.

Was für ein Märtyrum befindet sich auf seinem Hals? Es pocht und hämmert wie auf einer Werft in den Fünfzigerjahren. Damals wurden die Schiffswände mit Niethämmern bearbeitet. Nie im Leben - und ihm war schon oft schlecht gewesen in seinen über 40 Lebensjahren, ist es ihm jemals so übel ergangen, wie heute. Vaddern wird nicht zur Messe gehen können, er wird nirgend wohin gehen können. Er wird sterben müssen. Jawohl das ist sein Ende, geht es ihm durch den Kopf während er zum wiederholten Male, selbigen über die Toilettenschüssel hält. Grade zehn Schritte bis ins Schlafzimmer schafft er noch, dann ist er wieder weg.

Um 16 Uhr erwacht Vaddern zum zweiten Mal und wunderte sich, dass er noch nicht in der Hölle ist. Schnell ein Stück trocknes Brot, was ja laut seiner Großmutter, immer hilft, wenn der Magen rebelliert. Diesmal wirkt es nicht und so bringt mein Vater das halb verdaute Brot um die Ecke. Er bietet letzte Kräfte auf und ruft per Mobiltelefon den Messestand an.

„Hallo Herr Schmidt, wir warten schon auf sie", meldet sich Frau Denzig vom Deutscher WasserVerband am anderen Ende der Leitung.

„Ja, ja. Ich weiß. Ist Herr Scholter auf dem Stand Frau Denzig?"

„Nein, nicht mehr. Er hat grad' Feierabend gemacht und die letzte halbe Stunde vertrete ich ihn auf eurem Stand. Ist das in Ordnung?"

„Natürlich, danke. Schön das sie uns aushelfen. Wann ist Herr Scholter denn auf dem Stand erschienen?"

„Heute Morgen, pünktlich um 8 Uhr war er da. Viele Besucher zeigten

großes Interesse an denTrinkwassersprudlern. Der Stand war nur so umlagert."

„Ja, fein Frau Denzig. Ich bin in wenigen Minuten da - bis gleich", flötet Vaddern und beendet das Telefonat.

Donnerwetter, da war der Jo, äh - der Geschäftsführer Jonny Scholter tatsächlich morgens pünktlich hoch und hat den ganzen Tag auf dem Messestand gearbeitet. Was für eine Kondition. Der hätte doch, wie mein Vater, fertig mit der Welt sein müssen. Vadderns Achtung vor ihm steigt und er geniert sich, dass er ihn so hatte hängen lassen. Das war keine Glanznummer, machte sich mein Vater Vorwürfe. Und wie zur Strafe, wird ihm ein weiteres Mal - *Petit Fleur.*

Händler und ein Intendant

„Sodastream, Schmidt. Guten Tag Herr Händler".

„Wie kommen Sie dazu, dem GBE-Intendanten einen Brief zu schreiben?"

„Sie überraschen mich Herr Händler. Von wem haben sie denn die Erkenntniss?"

„Das tut nichts zur Sache. Wissen Sie überhaupt, mit wem Sie sich da anlegen? Der Moderator hat weitreichende Beziehungen. Das wird Konsequenzen für Sie haben. Da werden Sie sich noch wundern!"

„Aber ich bitte ...".

Grußlos wird das Telefonat von P. Händler beendet.

Am nächsten Tag sitzen Peter und Vaddern im Besprechungszimmer vor einem tragbaren Fernseher und schauen sich die neue Ausgabe der Sendung mit Jack Eimer an. Und wieder zeigt der Moderator einen Trinkwassersprudler. Es ist ein völlig anderes Gerät, als unser SodaStreamer!

„So 'n Dreckskerl. Klaus! Der sacht och noch, dat det andre Jerät besser als unser is. Ja spinnt den der? Jetzt jehts uns an den Krajen. Scheiße verdammte. Dein Schreiben an den Intendanten hat nischt jebracht.

Sofort schickst de die Tonbänder an den GBE. Ick verlang ne neue Sendung, sonst zeijen wa den an!"

„Eine Kanaille ist das - da hast du recht Peter. Bleib trotzdem ruhig. Wir können denen nicht drohen, dann sind wir genauso drauf, wie der Eimer. Das geht nicht. Da kriegen wir Probleme. Lass uns doch erst einmal abwarten, was die Bestellungen in den nächsten Tagen bringen."

„Du mit deener ewjen Ruhe, bist doch sonst 'n Cholerika."

„Alles zu seiner Zeit, Peter, alles zu seiner Zeit. Im Orchester hast Du Dich doch auch zurückhalten müssen."

„In wat fürn Sumpf sind wa da jeraten Klaus?"

„Ja, Peter. Es ist schockierend. Ich werde erst mal die neu mitge-schnittenen Gespräche, auch die vom Händler, beim Rechtsanwalt hinterlegen. Zu unserer eigenen Sicherheit."

„Ick mach ma ausn Staub, wa. Für heute bin ick bedient."

Hauskauf und Vertrauen

Die Bestellungen unseres Trinkwassersprudlers laufen erfolgreich weiter. Grad so, als hätte es die neue TV- Sendung nie gegeben.

Peter, Petra und der Bänker Giselher besichtigen einen Bungalow mit Swimmingpool, idyllisch am Waldrand gelegen. Das Verkaufsschild des Maklers zieht Peter aus dem Erdreich und wirft es auf den Rasen. Er nimmt Petra in den Arm.

Mein Vater sitzt nachmittags im Büro von Peter und beschwört ihn: *„Peter, schick deinen Partner nach Hause. Der hindert uns nur am Weiterkommen mit seiner Inkompetenz!"*

Peter klärt Vaddern auf, dass Allex bereits aus Sodastream Deutschland ausgeschieden ist und eine eigene Firma betreibt, die Kohlensäureabfüllung anbietet.

„Ach?, und wer besitzt jetzt seine 50% Anteile?"

„Na icke, wa!"

„Peter, so geht das nicht. Du hältst alle Fäden in der Hand und ich bin hier nur der Hanswurst."

„Hast de keen Vertrauen mehr szu mir?"

„Das hat nichts mit Vertrauen zu tun. Du bist der Einzige mit Kontovollmacht und kannst alleine über die Millionen verfügen. Was ist, wenn Dir mal etwas passiert? Dein Bruder und deine Mutter erben dann. Die würden mich als Erstes vom Hof jagen. So schätze ich sie ein. Die sind aber nicht fähig, die Firma erfolgreich weiterzuführen. Ich müsste dann über unseren Vertrag mein Honorar einklagen. Windige Advokaten könnten den Prozess verzögern und bis dahin wäre die Firma pleite. Heruntergewirtschaftet von deinen Verwandten. Für mich bliebe dann nichts mehr!"

„Kumpel, du siehst zu Schwarz. Ick mach det schon, wa."

„Nichts da! Schluss damit. Nächste Woche haben wir einen Termin beim Notar und mir werden weitere 25 % der Firmenanteile überschrieben. Ich mach´ doch hier nicht den Trottel für dich. Schönen Tag noch – Kumpel!"

Yachten und Streit

„Tag der Deutschen Einheit" - 3. Oktober 1996

Erzählung des Ehemanns einer Mitarbeiterin:

Während unserer häufigen Spaziergänge an der Weser sah ich oft die „kleinen Motorboote" und auch die größeren mit Sonnendach an Deck und Schlafkabinen. Dann dachte ich neidisch: „So ein Boot zu besitzen oder nur damit zu fahren, das wäre mal was. Aber Bekannte, die von meinem Traum wussten, mahnten mich aus eigener Erfahrung: „Das ist ein teures und arbeitsintensives Hobby". Träumen darf man ja mal. Und dabei blieb es dann auch.

Im Sommer 1996 kam meine Frau mit der Nachricht nach Hause, dass ihre Firma (*sie meinte die Firma Sodastream*) einen Betriebsausflug nach Holland plant, und die Angehörigen könnten dabei sein. Es sollen Motorjachten gechartert werden, mit denen wir auf Flüssen und Grachten in Nordholland fahren wollen. Dafür werden noch Schiffsführer gesucht, die die Jachten steuern. „Würdest du solch ein Schiff lenken wollen?", fragte mich meine Frau.

Meine ersten Gedanken waren: Wer macht denn einen so ungewöhnlichen Betriebsausflug und dann auch noch mit

Angehörigen? Außerdem habe ich ja gar keinen Boots-führerschein.

Ich antwortete: „Davon habe ich doch keine Ahnung und, außer einem Ruderboot, noch nie ein Boot gesteuert. Wie lange soll das denn dauern? Und was sind das für Schiffe?"

Meine Fragen und Bedenken wurden nach wenigen Tagen beantwortet und zerstreut. In Holland benötigt man für solche Touren keinen Führerschein, und der Ausflug soll 4 Tage dauern. Die Jachten können nur eine Höchstgeschwindigkeit fahren und haben eine unterschiedliche Größe mit 4,6 oder 8 Schlafplätzen. Alle Schiffsführer bekommen vorher eine Einweisung.

Je häufiger ich über diese Sache nachdachte, desto mehr Interesse und Lust bekam ich. Warum sollte ich nicht mal den Kapitän spielen? Solch eine Gelegenheit bekomme ich wahrscheinlich nie wieder. Ich sagte also zu und nach und nach bekam ich immer mehr Informationen über den Ablauf des Ausfluges.

Am Samstag vor der eigentlichen Tour fuhren wir zum Üben nach Drachten. Dort befindet sich der Jachthafen. An den Anlegestellen lagen ca. 40-50 tolle Schiffe. Wir, das waren die 8 Schiffsführer, davon 3 Nichtfirmenmitglieder, Herr Schmidt und eine Dame (*ich glaube, sie wurde als Assistentin der Geschäftsleitung vorgestellt*) von der Firma Sodastream. Außerdem unser „wichtigster" Mann - Käpt'n Klein - ein Bekannter von Herrn

Schmidt. Der hatte Erfahrung im Lenken von Motorjachten und kannte sich in dieser Gegend, die wir auf dem Wasserweg befahren wollten, gut aus.

Dort angekommen wurde uns eine Jacht zur Verfügung gestellt. Jeder künftige Schiffsführer musste den Motor starten und ablegen. Um Fahrpraxis zu erlangen, wurde nach einer gewissen Fahrstrecke gewechselt. Uns wurde gezeigt, was Fender sind und erklärt, was ein Bugstrahl ist, und wie und vor allen Dingen wann man es einsetzt.

Zurück im Hafen haben wir uns zusammengesetzt, um grundsätzliche Dinge für die Tour festzulegen. Von Herrn Schmidt wurden wir eindringlich darauf hingewiesen, dass während der Fahrt das gegenseitige Überholen verboten ist. An Bord gibt nur der „Kapitän" Anweisungen an die Besatzung.

Nachdem die Frage: „Was ist, wenn auf einem Schiff ein Problem auftritt?", nicht sofort beantwortet werden konnte, wischte Herr Schmidt diese mit einer eindeutigen Handbewegung beiseite und bemerkte: „Dann werden eben 10 Handy's gekauft und alle Bootsbesatzungen haben die Möglichkeit, jederzeit untereinander Kontakt aufzunehmen". Ich dachte sofort, na die haben's wohl Dicke. Verständigen kann man sich auch mit Rufen oder Winken. Wir sollten schließlich mit ca, 30 m Entfernung hintereinander herfahren. Übrigens wurden die Mobiltelefone nie gekauft.

Am Ende dieser „Abschlusssitzung" sagte Herr Schmidt: „Wir haben in unserer Firma sehr fleißig gearbeitet und dadurch hohe Umsätze erreicht. Das war nur möglich, weil wir gute Mitarbeiter haben. Und als Dank dafür machen wir diesen, ungewöhnlichen, Betriebsausflug". Diese Worte beeindruckten und relativierten manches, was wir in der Zukunft von Herrn Schmidt in Sprache und Taten erleben sollten. Zurück in Schelmenhorst waren wir alle guter Dinge und ich freute mich nun auf die Fahrt nach Holland.

Anfang Oktober war es so weit. Wir wurden vom Parkplatz der Firma Sodastream mit dem Bus abgeholt. Mir fiel die teilweise herzliche Begrüßung unter den Betriebsangehörigen auf. Dieses lies doch auf ein gutes Betriebsklima schließen. Wir, d.h. die Angehörigen, wurden vorgestellt und lernten Leute kennen, die wir sonst nur vom Hörensagen kannten.

Die Stimmung im Bus war ausgezeichnet und nach einer Fahrzeit von ca. 3 Stunden erreichten wir, an Groningen vorbei, den Jachthafen in Drachten. Den Besatzungen wurden die jeweiligen Schiffe zugeteilt. Dies war schon vorab festgelegt worden und abhängig von der Personenanzahl. Die Betriebsangehörigen hatten sich geeinigt, wie sich die einzelnen Bootsbesatzungen zusammensetzen. Das war sicherlich wichtig, denn wir mussten 4 Tage, mit teilweisen fremden Menschen, auf engstem Raum verbringen.

Unser Schiff war 11 m lang und 3,85 m breit und super eingerichtet. Gemütlicher Salon mit Herd, Kaffeemaschine Radio, Fernseher, Kassettenrekorder. Im Bug zwei Kojen, die ich als Schiffsführer mit meiner Frau bezog. Im Heck jeweils weitere getrennte Kajüten mit Schlafplätzen. Zusätzlich eine Toilette und Dusche. Es fehlte an nichts.

Wir waren sechs Besatzungsmitglieder auf der Jacht. Obwohl die einzelnen Crews nur für Frühstück und Zwischenmahlzeiten zu sorgen hatten, schleppten wir Unmengen von Lebensmittel an Bord. Meine Güte, das soll doch nur für 6 Personen sein. Unsere Frauen hatten sich vorher abgesprochen, was mitgenommen werden sollte, oder?

Es gab eine letzte kurze Einführung zum Verhalten an Bord durch den erfahrenen Käpt'n Klein. Dann legten wir ab. Das klappte schon mal gut. Ein Schiff nach dem anderen fuhr rückwärts raus. Mein erstes Kommando an unsere Crew: „Fender einziehen". Ruck Zuck waren diese an Bord und ordnungsgemäß abgelegt. Ich hatte eine tolle Besatzung. Vorwärtsgang rein und schon gingen acht Boote, wie an einer Schnur aufgereiht, auf „große Fahrt".

Wir sollten 3 Stunden zu unserem ersten Zielhafen in Sneek fahren. Nach etwa 2 Stunden mussten wir eine Schleuse passieren. Als ich die Schleusenkammer sah, beschlich mich ein ungutes Gefühl. Die war ja enger als erwartet. Es waren schon einige Boote darin, und wir sollten da auch noch reinpassen. Also, Antrieb weg und ganz langsam rein. Ich sah mich um und sah, dass wir von 12-15 Booten umgeben waren. Wir schaukelten hin und her und ich merkte, dass uns auf der linken Seite ein Boot bedrohlich nahekam. Bloß schnell dagegen steuern. Aber schon war auf der rechten Seite wieder ein Schiff direkt neben uns. Ich wollte doch auf keinen Fall eins rammen oder noch schlimmer, gegen die Kammerwand getrieben werden. Meine Besatzung stand komplett an der Reling, gab mir alle möglichen Zeichen und war genau so ratlos wie ich.

Mit aufgeregter Stimme wies mich einer von ihnen darauf hin, dass die Jacht vor uns auf uns zutrieb. „Mensch, das sehe ich selbst", kam es barsch von mir zurück. Boot vor oder Boot zurück brachte nicht viel. Mir brach der Schweiß aus. Um den Schaden bei einer eventuellen Berührung so gering wie möglich zu halten, kam mein Kommando: „Fender auf beiden Seiten raus". Ein Kapitän hätte wohl Backbord und Steuerbord gerufen. Endlich öffnete sich das Schleusentor. Es war nichts passiert und wir konnten weiterfahren. Ich war einerseits froh und dachte doch, warum ich mir das antue. Und das auch noch für vier Tage.

Wir fuhren dann eine Stunde auf verschiedenen Kanälen im Innenstadtbereich von Sneek. Nach dem Vertäuen der Schiffe im Hafen, kam Käpt'n Klein zu uns: „Na, vorhin in der Schleuse ganz schön geschwitzt, oder?, Habe ich euch nicht vor einer Woche etwas vom Bugstrahl erzählt? Hättet ihr den eingesetzt,

160

wäre alles einfacher gewesen". Ich haute mir mit der Hand vor die Stirn. Das hatte ich ja ganz vergessen. „Wie viele Schleusen kommen denn noch?" Seine Antwort mit einem breiten Grinsen: „Keine".

Von den anderen Schiffsführern erfuhr ich, dass alle die gleichen Probleme hatten, und mein Schweißausbruch nicht der einzige war. Das stellte mich wieder zufrieden.

Nach dem Abendessen, in einem Hotel in Sneek, saßen wir zusammen und man hörte immer wieder: „Ja, ganz toll." Oder: „Wo schlaft ihr denn? Wir schlafen oben. Kommt doch morgen mal rüber, unser Schiff ist super". Es waren natürlich alle super. Nach diesem aufregenden ersten Tag gingen wir wieder an Bord und ließen den Tag ausklingen.

Am nächsten Morgen servierten unsere Frauen ein fantastisches Frühstück. Nun war klar, warum wir gestern so viel Proviant an Bord geschleppt hatten. Den Tag verbrachten wir in Sneek. Einige bummelten alleine oder in Gruppen durch den kleinen Ort. Irgendwo traf man sich immer wieder, ob im Souvenirladen, auf der Straße oder im Coffee - Shop.

Nachmittags legten wir wieder ab zu unserem nächsten Zielort Ijlst. Wir fuhren ca 1½ Stunden. Nach dem gemeinsamen Abendessen besuchten sich die Besatzungen gegenseitig auf den Schiffen. Man saß zusammen, unterhielt sich und trank etwas.

Morgens ging ich nach dem Duschen an Deck und stellte mich an die Reling. Es war eine angenehme Atmosphäre. Unsere Boote dümpelten alle vor sich hin. Das Wasser war ruhig, beinahe wie gebügelt. Diese wunderbare Stille wurde nur durch das Treiben der vielen Wasservögel am Ufer oder beim Tauchen zur Nahrungssuche unterbrochen. Ich hörte auch mal ein leises „Moin" von einem der Nachbarboote.

Zu mir gesellte sich mein „Bootsmann" Wolfgang, der diese Stille auch erkennbar genoss. Nachdem wir eine Zeit schweigend nebeneinandergestanden hatten, sagte er: „Unsere Frauen machen Frühstück, ich geh` mal los. Vielleicht find´ ich einen Bäcker". Nach nicht langer Zeit erschien er wieder mit einer gefüllten Tüte mit frischen Brötchen. Wir gingen nach unten in den Salon und sahen, was unsere weiblichen Crewmitglieder wieder alles aufgetischt hatten. Das zweite Schlemmerfrühstück begann.

Wir legten um ca. 13.30 ab und nahmen über die Kanäle Kurs auf das Heeger Meer. Nachmittags begann es teilweise heftig zu regnen. Ich hatte einen überdachten Steuerstand auf dem Oberdeck und dadurch machte mir der Regen nicht viel aus. Bekam ich mal Besuch hier oben, so hatten sich nun alle in den Salon verzogen. Wir hatten trotz des Regenwetters gute Laune, zumal unser DJ Peter tolle Musik auflegte. Als ich Jennifer Rush -

You are my Man - hörte, schaute ich nach unten und sah sogar ein Paar tanzen.

Nach einer kleinen Meerrundfahrt ging es nun Richtung Eernewoude, unserem nächsten Zielort, das 1 Stunde entfernt war. Auf diesem Teilstück wurde eine unserer Regeln gebrochen, nämlich, das Überholverbot. Das Schiff von Herrn Schmidt und Frau T., die ich vom Übungstag her kannte, war bisher immer hinter unserem Boot gefahren. Nun wurden wir von ihnen unter Gejohle, Winken und Hupen überholt. Hatte er nicht eindringlich gewarnt: „Es wird nicht überholt." Ich konnte die Situation erst nicht einschätzen. Später wurde mir von Betriebsangehörigen gesagt: „So ist Herr Schmidt nun mal."

Am frühen Abend legten wir direkt an der Wasserseite eines Hotels an und vertäuten die Schiffe. Die Stimmung bei allen war noch besser als an den Tagen zuvor. Vielleicht lag es daran, dass der heutige Abend der Höhepunkt des Betriebsausfluges sein sollte.

An der Anlegestelle wurde der Rest der „Sodastream-Belegschaft", der nicht an der Schiffstour teilnehmen konnte, mit einem großen Hallo begrüßt. Sie waren heute mit dem Bus von Schelmenhorst nachgereist und wurden in Bungalows einer angrenzenden Ferienanlage untergebracht.

Der Abend war wirklich das Highlight. Im Foyer des Hotels war für uns ein üppiges Büfett aufgebaut. Wir aßen und tranken, hatten sehr viel Spaß. Die Karaoke-Darbietung - Let it be - unseres Käpt`n Klein, war nicht zu übertreffen.

Es wurde der Firmenleitung von Sodastream unter großem Applaus aller Anwesenden gedankt. Übrigens war der andere Chef, Herr Kautz, nicht anwesend. Für Vergnügungen dieser Art war wohl nur Herr Schmidt zuständig. Der Abend klang aus und alle gingen nachts, manche mit einem leicht schaukelndem Seemannsgang, auf ihre Boote zurück.

Am nächsten Tag wurden um 11.00 Uhr die Leinen losgemacht und die Fender reingeholt. Wir starteten noch eine Rundfahrt auf dem „Princenhof". Das ist ein Gebiet, bestehend aus Wäldern, durch Seen unterbrochen. Diese sind wiederum durch schmale Kanäle miteinander verbunden. Ein landschaftlich sehr reizvolles Gebiet.
Der Kontakt zu den anderen Booten war heute Morgen sehr mäßig. Da es nicht regnete, sah man die anderen Besatzungen draußen auf dem Deck sitzen und auf das Wasser starren. Manchmal hörte man ein leises: „Hallo". Es war deutlich, die letzte Nacht musste verarbeitet werden.

Kurs auf den Jachthafen Drachten, den wir am frühen Nachmittag erreichten. Nach dem Vertäuen der Boote, brachten wir unser Gepäck in den schon bereitstehenden Bus. In bester Stimmung kamen wir abends in Schelmenhorst an.

Abschließend möchte ich sagen, dass während dieser 4 Tage eine bemerkenswerte Harmonie und positive Stimmung unter allen Teilnehmern herrschte. Ich habe diese Tage als „Externer" genossen und in bester Erinnerung behalten.

Am Montag nach dem Betriebsausflug sitzt mein Vater bei Peter im Büro. Es gibt Streit wegen der angefallenen Kosten für den Betriebsausflug von siebzigtausend Mark.

„Det Finanzamt akseptiert die Summe nich bei den Abschreibungen, wa. Höchstens dreißich Mark pro Person im Jahr. Und schon gar nicht für die Angehörigen – die hätten nie mitjedurft. Det, mein Freund, is deine Anlegegenheit. Det hast du vazapft und zahlst det mit dein eijenes Jeld!"

„Ach, du willst also nichts dazugeben?"

„Nee det is dein Part. Da hab´ich nischt mit szu tun!"

„Na denn werde ich gleich mal einige Mitarbeiter davon in Kenntnis setzen, dass du dich an den Kosten des Betriebsausfluges nicht beteiligt hast."

„Watt? Det kannste doch nich machen. Wie steh´ ick den da?"

„Das ist dann deine Angelegenheit. Ich nehme an, dass unsere Mitarbeiter dir in Zukunft noch kritischer gegenüberstehen werden."

„Du Jauner. Det is hintahältich. Du erpresst mir. Dann jlauben die doch, dat du aleene der jroße Spender bist. Ok, jetze is mal Ruh´ – ich jeb die Hälfte dazu."

.

Trinkwassersprudler-Explosion

„Frau Selz, wer iss´n det - diese Frau?"

„Hat ihren Namen nicht genannt. Sie nuschelte, etwas von Gerät explodiert und Kind im Krankenhaus. Und dass es sehr wichtig für unsere Firma sei. Soll ich durchstellen?"

„Ja Frau Selz - gem se ma her. Sodastream Kautz!"

„Mit wem spreche ich bitte? Sind sie der Chef?"

„Klar doch. Wer sind n sie?"

„Edeltraut Wiesener ist mein Name - aus Niedersachsen. Gestern Morgen ist Ihr Wassersprudler bei uns zu Hause explodiert. Unsere 5-jährige Tochter liegt verletzt in der Klinik. Ich fordere von Ihnen 30.000 DM Schmerzensgeld und Schadensersatz, da meine Küche total zerstört ist. Wenn sie nicht zahlen, geh´ ich zur WILD-Zeitung."

„Verstehe. Et handelt sich bei ihrem Anruf um eene Erpressung, wa. Moment mal - ick verbinde ihnen weiter szu unsern Rechtsanwalt."

Die Anrufende hat aufgelegt. Peter geht nach nebenan, in das Büro meines Vaters.

„Na, sieht wohl nich jut aus, wa?"

„Nein Peter, nicht wirklich. Wenn 's nach dem Wichtigtuer von TPC geht, können wir schließen. Es muss aber eine Lösung geben und ich werde weiter danach suchen und bei deren Geschäftsführung anrufen. Die werden doch dasselbe Interesse wie wir haben, und unsere Produkte befördern wollen. Schließlich ist der Transport von Waren ihr Geschäftsfeld. Denen wird sicherlich was einfallen, die Zentrale in Frankfurt beschäftigt vermutlich fähigere Mitarbeiter, als diesen Lamento. Und überhaupt - was für ein Name. Nomen est omen. Der passt zu ihm. So ein Laberfürst.

„Ick muss deine Jedankenjänge mal unterbrechen. Der Lagermeister fracht mir schon, wat er mit de Bestellungen machen soll, wenn er nischt ausliefern darf, wa".

„Peter, sag´ ihm, wir wären an der Lösung dran. Vor allen Dingen müsst ihr den Mitarbeitern eine glaubhafte Erklärung geben, warum wir zurzeit keine Zylinder ausliefern. Sonst gibt es unter der Belegschaft Unruhe und das können wir zusätzlich zu dem ganzen Mist, überhaupt nicht brauchen."

„Da fällt ma schon wat in. Ick kümmer mir drum. Aber du musst seh´n dat du det Problem irjendwie löst. Und zwar schnelle Klaus. Sonst jeht allet den Bach runter, wa."

„Ich weis, aber das ist leichter gesagt als durchgeführt. Werde mal die Zentrale von TPC anrufen. Ich erzähl dir, was dabei rausgekommen ist", antwortet Vaddern; nimmt er den Hörer auf und wählt.

168

„Ist dort die Firma TPC?"

„TeutonenPäckchenCompany. Mein Name ist Ingelore Brukmann. Was kann ich für sie tun?"

„Guten Tag, Firma Sodastream - Schmidt. Verbinden sie mich bitte mit der Geschäftsführung."

„Worum geht es?"

Vaddern leicht gereizt: „Das werde ich dann schon der Geschäftsführung vortragen."

Telefonistin schnippisch: „Sie müssen mir schon sagen, worum es geht! Sonst kann ich sie nicht durchstellen."

„Was soll ich? Ihnen den kompletten Vorgang schildern, damit sie mir anschließend sagen, dass sie nicht zuständig sind? Das ist doch nicht ihr Ernst."

„Tut mir leid, aber das ist meine Anweisung."

Vaddern wütend: „Jetzt hören sie mir mal gut zu, sie Weisungsempfängerin. Wir sind Kunde ihres Unternehmens und keine Bittsteller. Wenn Sie mich nicht augenblicklich mit dem Geschäftsführer verbinden, werde ich ihm ein Fax schicken und sie können sich anschließend beim Arbeitsamt anstellen und sich dort in

Zukunft ihre Weisungen abholen. Haben sie das verstanden?"

Die Telefonistin mit gekränkter Stimme: *„Ich stelle Sie durch, Moment bitte."*

Der Geschäftsführer mit unterkühltem Ton: *„Von Linden."*

Der Tonfall lässt erkennen, das Vaters Ansinnen, den Geschäftsführer des Deutschen Päckchendienstes zu sprechen, von diesem als unverschämt empfunden wird.

„Guten Tag Herr von Linden. Mein Name ist Schmidt. Ich bin Berater der Delmenhorster Firma Sodastream, eines Kunden Ihres Hauses.

„Berater aha. Das Sekretariat kann ihnen die Adresse der zuständigen Niederlassung für Schel..., wie heißt der Ort doch gleich?"

„Schelmenhorst, bei Nehmen."

„Also für Helmendurst."

Vaddern bekommt den Eindruck, dass sein Gegenüber jetzt das Telefonat beenden will. Das muss er verhindern.

„Augenblick noch bitte, Herr von Linden. Ich brauche nicht die Adresse Ihrer Niederlassung. Die ist mir bekannt. Es ist ein Gespräch mit Ihnen nötig. Die Nehmer sind bei dem Problem mit ihrem Latein am Ende. Es

170

geht um die Beförderung von Druckgaszylindern und um die Sicherheitsbestimmungen."

„Ja Herr Schmidt da sind sie bei mir an der falschen Stelle. Es ist nicht meine Aufgabe, in die Geschäfte der einzelnen Niederlassungen einzugreifen. Da müssen sie sich schon mit den Nehmern auseinandersetzen. Wenden sie sich an den dortigen Sicherheits-beauftragten, ein gewisser Herr Lamanto, ein junger, sehr fähiger Mitarbeiter, der kann ihnen da weiterhelfen."

Mein Vater glaubt, seinem Hörvermögen nicht zu trauen.

„An w e n bitte, soll ich mich wenden? Herr Lamento? Dem habe ich Hausverbot wegen erwiesener Unfähigkeit erteilt."

„Was haben Sie erteilt - Hausverbot?"

„So isses. Der Lamento war unerträglich. Hat nur unklug daher geredet und von seinen Fortbildungsseminaren geschwätzt. Der war uns keine Hilfe - im Gegenteil. Darum habe ich ein Gespräch mit der Geschäftsführung gesucht. Aber wenn Sie nicht zuständig sind, wie sie sagen, muss ich an den Vorstand von TPC schreiben. Ich werde nachfragen, ob es bei der TeutonenPäckchenCompany überhaupt jemanden gibt, der sich um die Kunden kümmert. Die Firma Sodastream hat zwar zurzeit nur ein tägliches Aufkommen von ca. 50 Paketen, das aber sicherlich in einem Jahr auf ein Mehrfaches steigen wird. Ich könnte mir vorstellen, dass einige ihrer Mitbewerber Interesse

an unserem Versandvolumen haben und ich werde ..."

„Lieber Herr Schmidt. Sie sollten mir das Problem schildern."

Ach, auf einmal gehts. So ein Scheinheiliger. Da muss Vaddern nur ein paar Zahlen nennen und die Konkurrenz ins Spiel bringen. Das Ganze mit einem Schreiben an den Vorstand garnieren und schon wird auch der Herr Geschäftsführer geschmeidig.

„Also, die Sache ist die ..."

Peter betritt den Raum und nimmt den Zweithörer, um das Gespräch mitzuverfolgen.

„Herr Schmidt, wenn das Verkehrsministerium das Verbot ausgesprochen hat, sind uns die Hände gebunden."

„Aber Herr von Linden, wir können doch gemeinsam nach einer Lösung suchen! Ich bin nicht gewillt, das so hinzunehmen. Da bliebe als Konsequenz ja nur, unsere Firma dichtzumachen."
„Tut mir leid Herr Schmidt, ich sehe da keine Möglichkeiten, wünsche ihnen aber viel Erfolg bei ihren Bemühungen und alles Gute."

„Danke Herr von Linden, für das hilfreiche Gespräch."

Vaddern lässt sich in seinen Bürosessel zurückfallen. Wieder nichts erreicht. Die Sache wird langsam bedrohlich und er schaut Peter dabei hilflos an. Eigentlich ist es doch Vaddern, der in brenzligen Situationen Optimismus verbreitet. Der immer nach einem Ausweg sucht und nicht aufgeben will. Diesmal scheint auch er nicht weiter zu wissen.

Nicht die Erfolglosigkeit eingestehen müssen, beschäftigt ihn. Das wird er überstehen. Es kommt viel schlimmer. Wenn mein Vater keine Lösung findet, müssen sie die Firma schließen und die Mitarbeiter nach Hause schicken. Zylinder mit „Kohlensäure" nicht befördern zu dürfen ist, wie Autos verkaufen ohne tanken zu können.

Meinem Vater wird blümerant, wenn er an die Zukunft von Sodastream Deutschland denkt. Es sieht alles andere als rosig aus. Was kann er nur machen. Seine Gedanken drehen sich im Kreis. Es ist zum Verzweifeln. Er weiß nicht weiter. Einige Mitarbeiter schauen Kautz und ihn schon zweifelnd an, wenn sie so betont gelassen über die Flure gehen. Gut dass sie nicht wissen, wie es um die Firma steht.

Peter hat unterdessen seine Fassung wiedererlangt: *„Son arrojanter Fatzke, wa. Wenn es uns jelingt die Sache noch hinzubiejen, wechsel ich als Erstes den Spediteur Da kannst d´ Jift druff nehmen. Sach ma Klaus. Was is denn mit den TÜV? Vielleicht kann der uns weitahelfen, wa? Die ham doch mit de Sicherheit szu tun. Nich nur mit Plaketten für Autos. Die prüfen sojar Atomkraftwerke."*

Mein Vater hat bereits den Telefonhörer in der Hand: *„Frau Schnarch suchen Sie bitte mal die Nummer vom TÜV raus. Aber nicht den Autotüv, mehr den Allgemeinen. Der Atomkraftwerke prüft und der zuständig ist für Kohlensäurezylinder! In welcher Stadt die sitzen? Das weiß ich doch nicht. Unsere Zylinder bekommen wir aus England. Die sind aber nicht zuständig für Deutschland. Finden sie's halt raus, verdammt noch mal!"*

„Na die bringt's nicht. Besonders präzise habe ich mich ja auch nicht ausgedrückt; was solls. Muss sie eben mal suchen. Sich was einfallen lassen, die Schlafmütze. Warum soll es den Angestellten besser gehen als uns. Wir zermartern uns doch den Kopf für die Firma ...!"

Peter nickt: *„Stimmt, aber wer issn Frau Schnarch bei uns?"*

„Wer will denn jetzt schon wieder was von mir?", brüllt mein Vater in den Hörer.

„Herr Schmidt - der TÜV- Nord in Hannover ist zuständig. Sie möchten sich an einen Herrn Dipl.-Ing.Verbeek wenden. Der leitet die Abteilung für Druckgaszylinder und alles, was damit zu tun hat. Die Telefonnummer ist 0511-2372 und die Durchwahl 159."

„Moment Moment, nicht so schnell. Die Durchwahl ist 159, ich hab's. Danke, das war aber flink. Frau Scharch Sie Gute. Wenn wir sie nicht hätten."

Vaddern legt auf und wählt bereits die Nummer vom TÜV: *„Hallo, ist da der TÜV? Guten Tag Herr Verbeek. Schmidt von der Firma Sodastream aus Schelmenhorst. Ich brauche dringend Ihren Rat."*

Nur wenige Erklärungen bedarf es, um dem TÜV-Mann das Problem klarzumachen. Das ist endlich mal ein *Versteher.* Der begreift wenigstens was. Dieser Verbeek ist nach dem Beamten *Passus* und den *von Linden* und *Lamentos* die reinste Wohltat für die geschundene Seele meines Vaters.

„Herr Schmidt, was ist, wenn sie ihre Zylinder nicht in Kartons, sondern in stabilen Mehrwegboxen transportieren lassen? Da wäre die Gefahr von Ventilbeschädigungen erheblich minimiert. Die Behörde argumentiert doch mit diesem Einwand."

„Gute Idee Herr Verbeek. Aber – sind die nicht sehr teuer?"

„Das kommt darauf an. Sie sollten nicht die Vorteile eines Mehrwegverfahrens unterschätzen. Auch im Hinblick auf den Umweltschutz! Ich habe da die Adresse eines Schweizer Herstellers. Wenn sie wollen ..."

„Und ob. Geben sie mir bitte die Anschrift. Sollte ich nicht weiterkommen, darf ich sie dann erneut anrufen?"

„Kein Problem Herr Schmidt, meine Durchwahl haben sie ja. Viel

Erfolg und ich drücke ihrer Firma die Daumen - auf Wiederhören.“

Und weg ist er.

Durchatmen - tief Luft holen. Das war doch schon mal ein erfolg-versprechendes Gespräch. Mit dem Verbeek kann mein Vater was anfangen. Der faselt nicht - der liefert Fakten. Nun fällt die Anspannung von Vaddern ab. Es ist wieder Land in Sicht.

„Peter, ich glaube, das ist die Lösung.“

„Sach mal, du jibst wohl nie auf ..., wa?“

„Es gibt eine Anekdote von einer Schachmeisterschaft, wo ein Turnierteilnehmer einen Spieler, dessen Figuren sich in einer ausweglos scheinenden Stellung befinden, fragt, warum er nicht endlich aufgibt. Der Gefragte antwortet nur lakonisch: „Das Einzige, was ich aufgebe, sind Pakete bei der PostMüßig zu erwähnen, dass sein Gegner von dieser Einstellung so beeindruckt war, dass er seine sicher gewonnen geglaubte Partie noch verlor.“

„Schöne Jeschichte. Also eins muss ick Dir lassen. Du bis ’n zäher Hund. Drumm hab´ ick ich dir auch nach Jahren wieder anjerufen. Du kannst szwar nicht szaubern, aber Du jibst nie auf und die Haltung brauch´ ma in unsrer Laje.“

„Danke für die Blumen. Jetzt bin ich aber alle. Peter, rufst du den Schweizer Kunststoffhersteller an?"

„Na klar, fahr nach Haus. Du siehst feddich aus. Ick kümmer´ mir drumm. Ciao bis morjen, erhol´ dir."

Erschöpft aber zufrieden setzt mein Vater sich in sein Fahrzeug. Es ist völlig geschafft. Endlich scheint er die Lösung gefunden zu haben. Wenn er gewusst, ja nur ansatzweise geahnt hätte, wie weit, wie schrecklich weit er noch von einer Lösung entfernt war. Er hätte das Auto wohl aus Verzweiflung in den Fluss gelenkt, den er soeben auf der Brücke überquert.

Kapitel 5

Besuch aus England

Leider nehmen die Reklamationen der Kunden bei den Wassersprudlern zu. Die Beschwerden sind berechtigt, weil die Geräte zum Teil mit Defekten vom Hersteller geliefert werden. Der Hinweis der englischen Geschäftsführung: Man wird ein kostenloses Ersatzgerät bei der nächsten Lieferung schicken, wenn der Kunde berechtigte Mängel bei Sodastream Deutschland anzeigt. Mein Vater will aber keine defekten Wassersprudler ausliefern und auf die vorhersehbaren Reklamationen der Kunden warten. Das ist schlecht für den Ruf der Firma. Vielmehr muss Sodastream England Produktionsfehler am Anfang vermeiden und eine sorgfältige Qualitätskontrolle vornehmen. Diese Bitte wird immer wieder an die Geschäftsführung des Herstellers herangetragen.

Heute Morgen kommt eine Lieferung aus England und Vaddern geht in die Lagerhalle, um die Ladung zu inspizieren. Beim Lagermeister im Büro hat sich eine Delegation des Herstellers aus England versammelt. Die Reklamationsabteilung prüft mit den Angereisten die soeben angelieferten Wassersprudler. Bei fast allen Geräten werden, die seit Wochen bekannten Funktionsfehler, ebenfalls festgestellt. Obwohl Vaddern vor Tagen schon aus England signalisiert wurde, dass die Fehler abgestellt worden sind.

Da verfärbte sich das Gesicht meines Vaters rot vor Wut und er nimmt ein Gerät und schmeißt es auf den Boden der Lagerhalle. Der Wassersprudler zerbirst in tausend Stücke und die Plastikteile fliegen den Engländern um die Ohren.

„Verarschen kann ich mich alleine, dafür brauche ich euch nicht. Nehmt euren Dreck wieder mit!", brüllt mein Vater aufgebracht die Delegation an. Verlässt die Halle und knallt die Lagertür heftig hinter sich zu.

Nachdem sich die Engländer wieder beruhigt haben, zeigen sie dem Personal ein paar Kniffe, wie man die technischen Probleme am Gerät löst. In diesem Moment klingelt das Mobiltelefon des Lagermeisters.

„Hier Schmidt - die 30 Paletten mit den 3.000 Wassersprudlern gehen geschlossen zurück zum Hersteller. Sage das auch den Freaks aus England!", schimpft mein Vater noch immer aufgebracht.

Der Delegationsleiter war zuerst sehr schweigsam, gab dann aber doch kleinlaut zu, dass die Geräte mangelhaft sind. Er verspricht, die Fehlerquellen in den Produktionsabläufen zu beseitigen.

Einmischung und Heirat

Peter macht Vaddern lautstarke Vorwürfe auf dem leeren Betriebshof. Er gestikuliert und schimpft. Mein Vater geht wortlos ab. Petra kommt hinzu und beschwichtigt ihren Freund und bittet ihn, nicht so mit Vaddern umzugehen. Der ist äußerst überrascht.

Peter vorwurfsvoll: „Wat issn uff eenmal mit dir los, wa? Wolltst du ihn nich immer loswerden? Haste nu Sympathien für ihm? Damals im Brodwech haste dir schon in ihm vajuckt, wa. Een Auge auf ihm jeworfen! Haste wat mit dem?"

Petra empört: „Unsinn. Er muss uns erst noch aus der Klemme helfen, dann schmeiß ihn raus. Schatz, lass uns heiraten!"

Peter verblüfft: „He, machste mir jerade 'n Antrag?"

Petra hakt ihren Freund unter und geht mit ihm in das leere Versandlager. Dorthin, wo die Zylinder im Regal liegen und immer so leicht herausrollen.

Wenige Tage später fliegen beide nach Las Vegas in die USA, um dort zu heiraten.

Fahrer soll pusten

Allex wird telefonisch von TPC über das erneute Problem mit der Zylinderbeförderung informiert. Er beschließt, die Sache nun selbst in die Hand zu nehmen, und wählt die Nummer vom Verkehrsministerium.

„Guten Tag. Mein Name ist Könner- sie erinnern sich an mich? Ich bin der Inhaber der Firma Sodastream Deutschland."

Passus-Assistent: *„Guten Tag Herr Könner. Was kann ich für Sie tun."*

„Herr Adeppt, wieder wurde einer unserer Fahrer bei einer Polizeikontrolle gestoppt und die Weiterfahrt verboten. Obwohl er Ihre Ausnahmegenehmigung dabei hatte. Die Polizistin wollte die Ausnahmegenehmigung nur beglaubigt akzeptieren."

„Verstehe, Herr Könner. Das ist ärgerlich. Ich schicke Ihnen noch heute mit der Post eine Ausnahmegenehmigung zu, die sie von der Beglaubigung der Papiere befreit. Ich hoffe, dass die Probleme dann beseitigt sind."

„Vielen Dank", gibt Allex zufrieden zurück.

Firma nicht erreichbar

Vaddern: *„Allex- wir werden 6 Wochen die Telefone wg. Überlastung abschalten und nur per Fax mit den Kunden kommunizieren."*

Allex aufgebracht: *„WAS? Das lasse ich nicht zu!"*

„Überleg doch mal. Wir haben nur Geschäftskunden, die verfügen alle über ein Faxgerät. Wir legen die Telefonanlage für ankommende Anrufe still. Und auf den Anrufbeantworter kommt die Ansage: Wegen Bestellüberlastung sind die Telefone für die nächsten 6 Wochen abgestellt. Ihre Anfragen und Bestellungen schicken sie uns bitte per Fax. Wir rufen sie, wenn von ihnen gewünscht, noch am selben Tag zurück und bitten für diese Maßnahme um ihr Verständnis. Na, was hältst Du davon?"

„Verrückte Idee. Aber es stimmt. Die Mitarbeiter sind am Limit ihrer Leistung angelangt und können keine Bestellungen abarbeiten, weil sie durch das Telefon immer wieder unterbrochen werden. Vielleicht weckt die Aktion sogar mehr Begehrlichkeiten beim Handel. Aber was ist mit den anderen Anrufern? Denkt die Bank eventuell, dass wir pleite sind?"

„Die Bank! Die geht uns doch am A .... vorbei. Und überhaupt, wie ist denn unser aktueller Kontostand?"

„Moment, ich guck mal in Computer. Genau zwei Millionen und ein paar krumme - im Puls!"

„Und wie hoch sind unsere Kredite – Allex?"

„Scherzbold! Als ob wir von der Bank schon mal Kredit bekommen hätten. Damals hat uns der Giselher keine 50 Mark für Briefmarken geben wollen – erinnerst du dich noch? Klaus, wir machen das mit den Telefonen, alle abstellen. Geile Idee, aber wenn die Kundschaft mault, heben wir das wieder auf!"

„Geht klar Allex. Ich veranlasse alles Weitere."

Vaddern spricht die Ansage auf den Anrufbeantworter:

"Firma Sodastream ist telefonisch ab sofort nicht mehr erreichbar. Aufgrund der großen Nachfrage nach dem Trink-Wassersprudler sind unsere Telefone und Mitarbeiter derart überlastet, dass wir in den nächsten 6 Wochen nur noch Bestellungen per Fax annehmen können. Sollten Sie spezielle Wünsche haben, vermerken sie dies bitte auf ihrem Fax. Wir werden Sie dann im Laufe des Tages zurückrufen. Wir danken Ihnen für Ihr Verständnis für diese ungewöhnliche, aber erforderliche Maßnahme. Ein Hinweis für die Skeptiker sei noch angemerkt. Nein, wir sind nicht pleite."

Peter stürmt in die Firma

„Frau Ritter, suchen sie den Berater Schmidt! Der soll sofort szu mir ins Büro kommen - aber sofort!"

Es klopft und mein Vater betritt das Büro von Kautz.

„Ah da biste ja. Sach mal, wat issen hier los? Det Telefon abjestellt – keener erreichbar. Wer hat det szu verantworten – wa?"

„Reg dich nicht unnötig auf Peter – alles geht seinen geregelten Gang. Die Mitarbeiter waren überlastet; nichts ging mehr. Ich musste diese Notmaßnahme ergreifen – auch im Interesse unserer Kunden."

„DU mustest die Maßnahme erjreifen. Det hat Allex zu entscheiden, wenn ick nicht da bin, wa!"

„Ich habe Allex über das Vorhaben vorab aufgeklärt."

„Wat heeßt aufjeklärt? Frajen hättest du ihm müssen und er hätte mir dann anjerufen und ick hätt´ entschieden - wa. Deine Eijenmächtigkeiten jehn mir langsam uffen Wecker. Du bist hier nur Berater und sonst nischt! Vastehst de mir?"

„Jaja, schon gut. Bleib gelassen. Schau lieber mal auf den Kontostand."

Peter stellt seinen Computer an: „WAT? Fast 3 Millionen Mark im Puls – Ick jlob det nich."

Ein Diamant

Eben ist Vaddern beim Händewaschen der Stein aus seinem neuen Ring herausgefallen. So eine Pfuscharbeit vom Goldschmied. Jetzt hat er den Diamanten in der Hosentasche und Angst, ihn zu verlieren. Aber wohin damit, der Juwelier ist im Urlaub und die Reklamation muss noch Wochen warten. Sein Blick fällt auf den leeren Kohlensäurezylinder auf seinem Schreibtisch! Da kommt ihm eine verrückte Idee. Vaddern nimmt die kleine Rohrzange aus der Schublade und schraubt, mit vor Anstrengung hochrotem Kopf, das Ventil heraus. Mit einem Grinsen lässt er den Einkaräter in den Zylinder plumpsen. Es klickert hörbar und zufrieden schraubt er das Ventil wieder ein.

In diesem Moment klingelt das Telefon.

„Jaaa doch. Wer zum Teufel ...?"

„Ick bins, Peda". Komm ma schnell rüba. Ick hab, was wichtges mit dir szu besprechen, wa!"

Mein Vater betritt das nebenanliegende Büro von Peter. Der hält ihm wortlos eine Gerichtsvorladung hin, die mein Vater kurz querliest.

„Peter - da mach dir man keine Sorgen. Auch den Prozess verlieren wir nicht. Die Klage ist so ähnlich gelagert, wie die damalige vom Getränkeindustrieverband. Da haben wir am OLG in Düsseldorf gewonnen."

„Wenn du det sachst, isset ja jut. Wat is mit Pebas in Dänmark? Müssen wa da noch wat besprechen – wann fährst du?"

„Na morgen - gleich in der Frühe. Ich komme erst gar nicht ins Büro. Anschließend mache ich mit Kind und Kegel Urlaub."

„Urlaub? Det kann ick mir nich leisten. Bleib bloß nich szu lange wech. Denk an die neuen Konzentrate bei Pebas, wa!"

„Wieso ich? Du hast doch der Dorte Henssen bereits deine Wünsche nach weiteren zuckerfreien Getränkekonzentraten zugefaxt. Außerdem bleibe ich nur eine Woche in Dänemark."

„Schon jut. Mach mal jleich Feierabend, damit de morjen früh fit bis. Und erhol' dir."

Vaddern verlässt das Büro und fährt nach Hause.

Dänemark

Am nächsten Morgen in der Früh, fährt unser Vater mit meiner Mutter und mir nach Dänemark. Den bequemen Camper hat er sich von der Besitzerin des Chryler-Autohauses ausgeliehen. Für ein paar sonnige Ferientage. Wir sitzen vor dem Camper und die Eltern unterhalten sich – natürlich über die Firma.

Muddern hat gelesen, dass CO^2 für das Klima schädlich sei.

„Dann sollten die Kritiker auch das Atmen einstellen. Die Menschen atmen schließlich Kohlendioxyd aus."

„Was sagen den die Kohlensäureförderer oder stellen sie das Gas künstlich her?"

„Das, meine liebe ist eine gute Frage. Ich werde mich mal, wenn wir zurück sind, mit dem Thema näher beschäftigen."

In diesem Moment kommt ein Telefax. Mein Vater musste natürlich ein mobiles Gerät mit in den Urlaub nehmen. Es könnte ja in seiner Abwesenheit etwas Wichtiges passieren. Und dieses Fax ist wichtig, wie er sogleich Muttern und mir erklärt. So wichtig, dass wir am nächsten Tag vorzeitig abreisen müssen.

Am frühen Abend sind wir wieder daheim. Muttern und ich gehen wortlos und enttäuscht in die Wohnung. Mein Vater fährt noch in die Firma. Wie ausgestorben liegt das Bürogebäude mit der angrenzenden Lagerhalle da. Nur die Fahnen am Mast vor dem Eingang flattern lustlos im Wind. In diesem Moment fällt Vaddern wieder der Diamant ein und er eilt in sein Büro. Der Zylinder liegt noch auf dem Schreibtisch. Vaddern nimmt ihn an sich und will den Raum verlassen. Da bemerkt er, dass der Zylinder schwer ist. Schwerer als ein leerer. Auch beim Schütteln hört er nichts. Verdammt, denkt er, das ist ein gefüllter Zylinder - nicht der ursprüngliche. Vielleicht liegt der mit dem Diamanten im Büro vom Lagermeister? Sofort rennt er runter zum Lagerbüro. Der Arbeitstisch ist picobello aufgeräumt – nichts.

Vaddern schaut sich um; niemand da. Es ist ja auch schon 19 Uhr - Feierabend. Enttäuscht will er das Lager verlassen, da vernimmt er leises Gemurmel aus einer abgelegenen Nische der Halle. Neugierig schleicht er näher und hört unterdrücktes Stöhnen und das Flüstern einer Frau und einer männlichen Person, die sich scheinbar miteinander verlustigen. Er ist sich ziemlich sicher die Personen erkannt zu haben.

Als auch noch ein Kohlensäurezylinder aus einem heftig schwankenden Regal scheppernd auf den Hallenboden fällt, entfernt sich Vaddern. Er schließt die Verbindungstür zu dem Bürotrackt ab und verlässt die Lagerhalle durch die schmale Tür des Notausgangs. Draußen bleibt er unschlüssig stehen. Da legt sich ein Grinsen auf sein Gesicht, als er den Stapel alter Paletten wahrnimmt. Sogleich schleppt er einige herbei und stapelt sie vor der Notausgangstür auf. Zufrieden über seine Tat, vergisst er das

Dilemma mit dem Diamantzylinder und fährt, in seinem Wagen davon.

Ausbruch in Lagerhalle

Schon von Weitem sieht Vaddern Betriebsangehörige vor dem Notausgang stehen und diskutieren. Er geht zu Peters Büro und fragt, was passiert ist.

„Einjebrochen hamm´ se im Lajer. De Lajermester meent, dat nischt jeklaut wurde. Er sacht dat wa keene Polisei brauchen. Det würde nur de Leute vonne Arbeet abhalten, wa."

„Na, dann ist es ja gut. Wenn der Lagermeister meint, dass wir keine Polizei brauchen. Ich schau mir mal den Schaden an – bis später Peter."

Am Tatort angekommen, hört Vaddern eine vorwitzige Mitarbeiterin fragen.

„Warum liegen die Glasscherben vom eingeschlagennen Fenster draußen und nicht drinnen, wenn doch eingebrochen wurde?"

Der Lagermeister schimpft mit der Frau: *„Du solltest schnell an deinen Arbeitsplatz gehen, sonst ist er womöglich weg. Anstatt hier Sherlocke Holmes zu spielen."*

Vaddern versucht, derweil behutsam herauszufinden, ohne das der angesprochene „Zylinderarbeiter" misstrauisch wird - an welchen Einzelhändler sein vermutlich, wiederbefüllter Zylinder verschickt wurde.

„Wir haben doch genug andere. Oder ist etwas Besonderes an dem Zylinder; Chef?"

„Nein, nein! Es ist nur mein erster Zylinder vom Anfang der Sodastreamgeschichte. Nostalgische Verklärung; sie verstehen?"

„Ja natürlich Herr Schmidt. Wie soll ich denn den herausfinden, wenn er nicht markiert ist. Wir lagern hier zig Tausende Zylinder. Davon versenden wir Unzählige jeden Tag. Und dann noch die eingehenden Leerzylinder täglich. Ich kann Ihnen da nicht weiterhelfen – sorry."

Vaddern verlässt die Halle und sucht den Vorarbeiter auf, der für die Putzfrauen zuständig ist.

„Herr Heilmann, wer hat in der letzten Woche, während ich in Dänemark war, mein Büro geputzt?"

„Die Neue, Herr Schmidt – wieso?"

„Schicken sie mir die Dame mal nach oben, aber hurtig!"

Vaddern wartet keine Antwort ab und begibt sich in sein Büro in der ersten Etage.

Kurz darauf klopft es zaghaft an der Tür.

„Herein!"

Verschüchtert betritt eine Frau das Büro von meinem Vater.

„Sie sind die neue Putzfrau, die bei mir sauber macht?"

„Ja, ich heiße Müll ...", kommt die zögerliche Antwort.

Vaddern unterbricht sie abrupt mit scharfem Ton: „*Ein passender Name. Sie haben den leeren Kohlensäurezylinder von meinem Schreibtisch entfernt. Wo ist der geblieben?*"

„*Den habe ich gleich am ersten Tag bei einem Lagerarbeiter gegen einen gefüllten Zylinder getauscht. Ich wollte ihnen den Weg ersparen und eine Freude machen. War das falsch?*"

„*Ja! Nnnein. Sie können wieder an die Arbeit gehen.*"

Die Frau verlässt mit hängendem Kopf das Büro und Vaddern wählt die Nummer von Heilmann: „*Schmidt hier. Die neue Putze können sie nach Hause schicken. Die will ich in der Firma nicht mehr sehen.*"

„*Chef, die neue Raumpflegerin ist zwar erst zwei Wochen bei uns, aber schon die beste Kraft von den vieren.*"

„*Raumpflegerin, was für 'n Raumpflegerin. Ein alberner Euphemismus. Wir sprechen von Putzfrauen Herr Heilmann! Selbst die Betroffenen bezeichnen sich als solche. Auf dem letzten Betriebsausflug waren doch zwei von ihnen dabei – wie sie wissen. Die eine davon hat nur gelacht, als ich sie als Raumpflegerin ansprach. Sie erklärte mir, dass sie die Büroräume putzt, aber nicht pflegt. Pflegen würde sie ihre kranke Mutter zu Hause. Außerdem wäre ihr viel lieber, wenn ihre Arbeit von den Mitarbeitern mehr geschätzt würde. Auch eine bessere Bezahlung interessiert sie mehr, als eine neue, unsinnige Berufsbezeichnung für ihre Tätigkeit.*"

„*Das hat sie zu ihnen gesagt, Herr Schmidt?*"

„Ja hat sie - Heilmann. Meinetwegen behalte die Neue. Du machst ja sowieso was du willst. Hier macht ja jeder, was ich nicht will!"

Verstimmt knallt Vaddern den Hörer auf die Gabel und beschließt, einen zweiten Diamanten zu kaufen und in den Ring neu einfassen zu lassen.

Im Zug

Vaddern sitzt in einem Nahverkehrszug und liest in einer Zeitung. Zwischendurch nippt er an einem Bier. Da klingelt sein Mobiltelefon. Petra ist dran.

„Hallo Petra, was gibt 's?"

„Hi Klaus. Peter hat mich aus Polen angerufen und will wissen, wie weit Du mit dem Verkehrsministerium wegen der Zylinder gekommen bist."

„Ich habe die Lösung gefunden."

„Das wird ja auch langsam mal Zeit. Diese nicht endende Geschichte mit deinen Zylindern!"

„Wie bitte? Rufst du mich dafür an, um mich abzunerven? Du solltest Dich lieber mal um die Zylinder im Lager kümmern, damit die nicht aus den Regalen rollen!"

PAUSE

„Tut mir leid Klaus, ich wollte dir keine Vorwürfe machen. Ich hole Dich heute Abend am Bahnhof ab, bis nachher", säuselt sie und beendet das Telefonat.

Petra winkt meinem Vater überschwänglich auf dem Bahnsteig zu, hakt ihn unter und geht mit ihm zum Parkplatz. Beide steigen in das Auto, wobei Vaddern sie von der Seite prüfend anschaut, ob Sie getrunken hat. Sie fährt zu ihrem Haus und bietet meinem Vater an, auf einen Kaffee mit hineinzukommen. Am Tisch sichtet der noch einmal seine Unterlagen. Da kommt Petra aus der Küche und hält Vaddern ein Sektglas hin.

„Prost Zausel. Ein kleines Sektchen in Ehren kann niemand verwehren. Bis morgen ist Peter in Polen, da bin ich so allein in diesem großen Haus. Er hat nur noch die Firma im Kopf. Ich habe Angst alleine. Bleibst Du heute Nacht hier?"

„Petra, liebend gerne, aber das geht nicht. Außerdem ist Peter mein Freund - vergiss das nicht!"

„Freund? Das ich nicht lache. Er und Allex wollen Dich bald vor die Tür setzen, dass Du das nicht merkst. Du bist wirklich naiv! Bitte bleib heute Nacht hier."

Vater versus Allex

„Sie sind 'ne Null Herr Könner. Unfähig zu irgendetwas!", wütend rennt Vaddern aus der Lagerhalle.

Am Nachmittag ruft Peter im Büro meines Vaters an und fordert ihn auf, herüberzukommen. Peter mit ernstem Gesichtsausdruck: *„Klaus, ick weeß Bescheid! Wat haste dir dabei jedacht? Ick denk´ wir sind Freunde, wa?"*

Mein Vater schluckt und sagt dann zerknirscht: *„Es tut mir leid. Aber es ist doch nichts passiert."*

Peter aufgebracht: *„Wat heest denn nischt passiert? Und det vor Mitarbeitern? Konntest dir nicht eenmal zurückhalten? Is det so schwer?"*

„Vor Mitarbeitern? Moment mal. Von wem sprichst Du?

„Allex hat sich über dir beschwert."

„Ach - du sprichst von Allex?"

Peter schaut meinen Vater misstrauisch an: *„An wen haste denn sonst jedacht?"*

„Ach an niemand."

Peter mit scharfer Stimme: *„Klaus, du kannst so nich mit Allex umjehen. Ihm jehört noch immer die Hälfte von diesa Firma; vergiss det nich!"*

„Ist ja schon gut Peter. Ich habe verstanden und gelobe Besserung. Dieses Gespräch mit Dir werde ich nicht so schnell vergessen. Bestimmt nicht."

Allex Oder

Ich sitze mit meinem Vater vor dem Fernseher und wir schauen Nachrichten: *„Guten Abend meine Damen und Herren. Die Gefahr weiterer Deichbrüche an der Oder wächst. An immer mehr Stellen im Hochwassergebiet weichen die Dämme durch. Tausende Helfer ..."* (Quelle: Tagesschau vom 24. 07.1997)

Allex am nächsten Morgen in der Firma zu meinem Vater: *„Wir verdienen mit Wasser Millionen und unsere Mitmenschen im Osten verlieren Millionen durch das Wasser. Die Firma Sodastream ertrinkt im Geld und der Osten im Wasser. Wir sollten denen beim Deiche sichern und Sand schippen!"*

Vaddern nimmt die Anregung von Allex auf. Er beauftragt seine Sekretärin, ein Hilfstrupp unter den kräftigsten Versandarbeitern zu rekrutieren. So geschieht es dann auch. Nach 10 Tagen erzählt ein Rückkehrer von seinen Erlebnissen an der Oder.

Im Juli hatten starke und lang anhaltende Regenfälle den Osten Deutschlands heimgesucht. Die Bilder in den Nachrichten zeigten Überschwemmungen und Menschen, die durch das Hochwasser in Not gerieten. Im Oberbruch drohten die Deiche zu brechen.

Die Chefs sowie auch wir Angestellte waren der Meinung, dass wir den Menschen dort helfen müssten. Schließlich verdienten wir unser Geld mit dem Produkt Wasser. Jetzt drohte Wasser ganze Landabschnitte zu zerstören.

Wir beklebten unsere Fahrzeuge von allen Seiten mit unserem Firmenlogo. Mit fünf Geländewagen fuhren wir dann im Konvoi zum Oderbruch. Für zwölf Mitarbeiter und deren Verbleib dort, sollte ich den logistischen Ablauf einrichten. Ich nahm Kontakt mit der Verwaltung der Stadt Manschnow auf. Manschnow liegt dicht an der polnischen Grenze. Die Stadtverwaltung verwies uns, an das THW, das dort im Einsatz ist.

Die Männer vom THW brachten Zelte und versorgten uns mit Verpflegung. Sie staunten nicht schlecht, als sie erfuhren, dass wir von unserer Firma eigens zur Unterstützung der Absicherung des Deiches abgestellt wurden. Leider musste ich mich einen Tag später aus privaten Gründen von unseren Leuten verabschieden. Der stellv. Lagerleiter löste mich ab. Mein Vertreter erzählte mir am Telefon unglaubliche Geschehnisse, die er dort erlebte. Von früh morgens bis spät in die Nacht füllten unsere Leute Sandsäcke. Es war zu dieser Zeit extrem heiß und eine Mückenplage machte allen Helfern das Leben schwer. Es zählte nur ein Gedanke, die Deiche müssen halten.

Spät in der Nacht kehrte unsere Kolonne zu ihren Zelten zurück und fielen erschöpft in den Schlaf. Während sie schliefen, schlugen Skinheads mit Baseballschlägern auf Rettungs- und THW-Fahrzeuge ein, die in der Nähe der Zelte abgestellt waren. Glücklicherweise wurden diese Irren zügig gefasst und im Schnellverfahren verurteilt. Des Weiteren berichtete mir mein

Kollege, dass Taucher versuchten, den Deich auf deutscher Seite mittels Dynamit zu sprengen, damit das Hochwasser in Polen abfließen konnte. Wärmebildkameras, an Hubschraubern, die die Deiche von oben bewachten, konnten dieses Unterfangen aufklären. Sie gaben über Funk der Polizei alle Informationen und der Anschlag konnte vereitelt werden.

Zudem hatte ein Chef meinem Stellvertreter einen Geldgürtel mit 10.000 DM mitgegeben. Dies Geld sollte für einen etwaigen Notfall zur Verfügung stehen. Dieser Fall trat zum Glück nicht ein und er musste den Gürtel, zu seinem Bedauern, wieder bei der Buchhaltung abgeben.

Die Hilfsaktionen gingen aber über die tägliche Hilfe vor Ort hinaus. Einem Schäfer, der durch das Hochwasser den Stall für seine Schafe verlor, finanzierte unsere Firma mit 20.000 Mark eine neue Unterkunft für seine Tiere. Zudem kam für jeden verkauften Sodastream-Wassersprudler eine Spende von zwei DM den Flutopfern zu Hilfe. Auch solche Aktionen förderten den Zusammenhalt unserer Firma. Währenddessen die Arbeit an den Deichen mit dem ganz normalen Wahnsinn weiterging.

Risotto

Frau Selz aufgeregt: „Herr Schmidt! Risotto Versand ist am Telefon, die wollen sie sprechen."

Vaddern wartet mit dem Hörer in der Hand.

„Schmidt - mit wem spreche ich?"

„Risotto-VERSAND. Guten Tag Herr Schmidt. Mein Name ist Arolanza. Einkaufsvorstand vom Risotto Versand. Schön, dass ich sie erreiche. Meine Sekretärin hatte Ihnen vor zwei Tagen ein Fax über eine Bestellung von 3.000 Stck. ihrer Sprudelmaschinen geschickt. Leider haben wir noch keine Antwort bekommen. Ist die Bestellung nicht bei Ihnen eingegangen?"

„Moin Herr Arolanza. Doch - Ihre Bestellung ist bei uns eingegangen. Bedauerlicherweise -für sie- sind wir ausverkauft."

„Das ist ja erfreulich für Ihre Firma. Wann können sie wieder liefern?"

„Das ist nicht absehbar. Fragen sie doch in einem viertel Jahr nochmals bei uns nach."

„Ich verstehe nicht, Herr Schmidt. Soll das heißen, dass sie uns auch in naher Zukunft keine Geräte liefern?"

„Das haben sie richtig verstanden Herr Arolanza."

„Herr Schmidt, sie sprechen mit dem Risotto Versand. Ich weiß nicht, ob das richtig rüber gekommen ist. Herr Risotto hat auf der letzten Einkaufssitzung entschieden, dass wir diese Sprudelgeräte von ihnen in den Katalog mit aufnehmen. Wann also liefern sie?"

„Herr Arolanza ich wiederhole es gerne noch einmal. Wir haben keine Geräte für sie. Wir können nicht liefern. Von nicht wollen kann keine Rede sein. Wir sind für die nächsten 3 Monate ausverkauft. Cadbury-Schweppes lässt zusätzliche Sonderschichten in England fahren. Sodastream (GB) kommt gegen die Nachfrage nicht an. Es ehrt uns, dass Risotto unser Produkt in den Katalog aufnehmen möchte, aber unser Vorrat reicht nur für unsere Stammkunden."

„Herr Schmidt, wir sollten einmal drüber reden. Sie können doch sicher ein Kontingent an Geräten umdisponieren und uns damit beliefern!"

„Herr Arolanza, wir werden ihnen keine Ware liefern können. Außerdem haben unsere Stammkunden Vorrang. Vor Jahren war ich beim Risotto-Versand vorstellig. Da hat man mich ausgelacht und gemeint, der Trinkwassersprudler wäre höchstens für einen Scherzkatalog geeignet. Ich wurde vor die Tür gesetzt. Und nun kommen sie und erwarten von mir, dass wir unsere Stammkunden benachteiligen sollen."

„Herr Schmidt bei wem waren sie seinerzeit? Ich werde mich als Einkaufsvorstand sofort darum kümmern und denjenigen zur Rechenschaft ziehen."

„Vergessen sie´s. Das ist ewig her. Wir brauchen den Risotto- Versand nicht."

„Herr Schmidt, ich lade sie ein. Da können wir das mal alles in Ruhe besprechen."

„Sie wollen mich anscheinend nicht verstehen. Wir können den Risotto-Versand nicht beliefern, selbst wenn wir wollten. Und wenn sie es nicht glauben, kommen sie doch bei uns vorbei. Ich sage Ihnen aber gleich, dass ich auch dann keine Lieferzusage gebe!"

Nun gibt es eine größere Pause. Der Gesprächspartner hat Mühe, seine schwache Verhandlungsposition einzuordnen. Das ist er als Vorstand nicht gewohnt.

„Herr Schmidt, es gehört nicht zu unseren Gepflogenheiten, Lieferanten aufzusuchen. Vielleicht missverstehen sie die Lage. Sie sprechen mit dem Risotto Versand. Ist Ihnen das bewusst? Wir sind bereit, ihr Produkt in unser Sortiment aufzunehmen. Diese Chance geben wir nicht jedem Lieferanten, verstehen sie das?"

„Ja, das verstehe ich Herr Aroganza. Schönen Gruß an Herrn Risotto, aber er kommt leider zu spät. Seine Einkäufer haben die Marktchancen

dieser revolutionären Küchenmaschine seinerzeit nicht richtig eingeschätzt. Und bevor ich den Risotto-Versand beliefere, geht das nächste Kontingent an Geräten nach Fürth. Die wollen nämlich auch mit uns ins Geschäft kommen!"

Das hat gesessen. Mit Fürth ist der Quelle-Versand, größter Konkurrent von Risotto, gemeint. Schiere Verzweiflung spricht aus dem nicht mehr so überzeugten Einkaufsvorstand Arolanza, als er Vaddern darum bittet, noch heute in Schelmenhorst vorbeikommen zu dürfen. Sein Chef, der Herr Risotto, muss ihn mächtig unter Druck gesetzt haben. Wie mein Vater später erfuhr, war der sehr ungehalten in der besagten Vorstandssitzung gewesen, dass sein Haus diese *Wundermaschine* noch nicht in seinem Katalog anbietet.

Es ist daher nicht verwunderlich, dass sich der Vorstand höchstpersönlich um eine Belieferung bemüht. Ist die Firma Sodastream (D) doch die erste Firma, die einen Trinkwassersprudler in Deutschland anbietet. Von den vielen Berichten in den Medien animiert, wollen Hunderttausende ein Gerät kaufen. Dadurch gibt es Engpässe in der Produktion und der Handel legt *Wartelisten* für die Kunden aus. Die Annahme, dass Bestelllisten mit Wartezeiten von mehreren Wochen die Kaufinteressenten verprellen, erweist sich als Trugschluss. Das Gegenteil tritt ein. Je geringer das Angebot, desto mehr steigen die Begehrlichkeit und die Nachfrage. Und in dieser Situation bilden die „Risottoleute" keine Ausnahme. Machen aber noch den dicken Max und wollen

Nicht realisieren, dass sie sich mit ihrer Bestellung hintenan stellen müssen.

„Herr Schmidt, wir sind auch bereit, mehr Geräte zu ordern. Dann eben 4.000 Gominis. So heißen die Dinger doch - nicht wahr?"

„GEMINI heißen die Karbonisierungsgeräte, Herr Alcatraz. Sodastream – GEMINI, wie das Raketenprogramm!"

„Egal, Herr Schmidt, wir fahren sofort los. Wo liegt dieses Helmenhorst? Ich muss ihnen aber gleich sagen, dass wir nur eine halbe Stunde Zeit haben."

Es ist nicht zu fassen. Der Mann hat Realitätsverlust und will sich nicht damit abfinden, dass er nur *Bittsteller* ist. So etwas ist ihm sicher noch nie passiert beim Risotto Versand. Aber schuld ist er schließlich selbst. Mehr als darauf hinweisen, dass keine Geräte lieferbar sind, kann mein Vater ja nicht. Wenn er trotzdem herkommen will, dann wird Vaddern das Spielchen mitmachen.

So langsam werden die Bemühungen der Herren von Risotto grotesk. Der Einkaufsvorstand muss ziemlich unter Druck stehen und will unbedingt Geräte kaufen. Dabei fällt auf, dass er während des Telefonates nicht einmal nach dem Preis oder den Lieferkonditionen gefragt hat. Das allein ist schon bemerkenswert. Jetzt, nachdem das halbe Land einen Wassersprudler haben will, wird auch der Risotto-Versand wach. Die glauben, die kleine Firma in Schelmenhorst lässt vor Ehrfurcht alles stehen und liegen, wenn der Name Risotto fällt.

Aber da haben sie sich gründlich getäuscht. Die kennen meinen Vater noch nicht. Vor Jahren habe sie ihn vor die Tür *gesetzt* und nun sind sie zu Bittstellern geworden. So ändern sich die Zeiten. Vaddern ist zwar nicht nachtragend, aber er vergisst auch nichts. Grade steht er in der Verbindungstür zu Peters Büro und grinst: *„Wir kriegen Besuch vom* Risotto-Versand.*"*

„Ne nech - Risotto-Versand. Det is nich deen Ernst. Wat wollen die den von uns, wa?"

„Der Inhaber Risotto, muss wohl ordentlich Dampf in einer Sitzung beim Einkaufsvorstand gemacht haben, weil sie noch keine Wassersprudler im Angebot führen. Der befürchtet wohl, dass der Trend an ihnen vorbeigeht. Und so scheucht er jetzt seinen Einkaufsvorstand zu uns, um Ware zu bekommen. Lustig was?"

„Klaus, du biss doch bei denen jewesen, da kamst de doch so depramiert zurück, weil die dir ausjelacht haben, weeßt de det noch?"

„Und ob ich das noch weiß Peter."

„Und die wolln heut herkommen, an Freitagmittag? Bei den Berufsvakehr. Et wird doch an der Autobahn jebaut. Da jibt es Staus. Die sind Stunden unterwegs, wa Klaus."

„Stimmt, aber die wollen es ja nicht anders. Ich habe ihnen abgeraten herzukommen weil wir ausverkauft sind. Vielleicht wollen sie ihrem Chef nur beweisen, dass sie alles Erdenkliche unternommen haben."

„Det Schauspiel lass´ ick mir nich entjehen. Sach Bescheid, wenn se da sind."

So ist die neue Situation für die kleine Firma. Über Jahre hat mein Vater sich bemüht. Die Sohlen heißgelaufen und doch überall auf Granit gestoßen. Keine Handelsfirma wollte den Wassersprudler in ihrem Verkaufsprogramm listen. Schicken Sie es her, wir schauen es uns an, hieß es oft kurz und knapp am Telefon. Wenn Vaddern ausnahmsweise das Glück hatte, einen zuständigen Gesprächspartner zu erwischen. Man schottete sich ab und es war für Newcomer, wie Sodastream besonders schwer, die Strukturen im Handel zu durchbrechen und die richtigen und erfolgversprechenden Wege bei der ersten Kontaktaufnahme und der späteren Produktpräsentation zu gehen.

Vaddern war mehr als blauäugig vorgegangen. Beseelt von dem Gedanken, was gut ist, wird auch seinen Platz im Verkaufsregal finden. Er wusste, bis zu diesem Zeitpunkt, nichts von Regalmieten, Einstandsprämien und Werbekostenzuschüsse, Regalpflege und was es noch alles an Fantasiekosten gibt, um die Lieferanten auszunehmen. Weitere Hürden sind Grüner Punkt, Scancode, Verpackungsabmessungen, Verpackungsmaterial Lieferzeiten, Zahlungsziele, Rücknahmeverpflichtung, ISO-

Zertifizierungen und so weiter und so weiter. Es ist ein riesiger Wust an *Papierkram* und *Bedingungen*, die erfüllt werden müssen. Nur dann hatt man eine Chance, sein Produkt im Handel unterzubringen. Natürlich muss auch der Einkaufspreis stimmen. Die Nachlieferung gewährleistet sein und der Artikel vom Hersteller oder Lieferanten medial beworben werden.

Und nicht zu vergessen - das Zahlungsziel. 3 Monate oder noch länger. Da verkaufen die, noch unbezahlte, Geräte und bestellen weitere Geräte mit neuem Zahlungsziel. Wie sollen wir das vorfinanzieren.

So ist es zumindest bei den Markenartiklern. Die haben einen jährlichen Millionenetat für Werbung zur Verfügung und die Ergebnisse dürfen die Bundesbürger, mehr oder weniger erfreut, am Fernsehschirm und in der Presse über sich ergehen lassen. Natürlich werden die Werbekosten noch bei den Produkten eingepreist.

Unsere kleine Firma hingegen hat null Mark Etat für Werbung zur Verfügung. Von den zusätzlichen Einstandskosten, die an den Handel bei einer Listung zu zahlen sind, mal ganz abgesehen. Vaddern hat schlicht gedacht, wenn ein Produkt gut für den Kunden ist, wird der Handel auch interessiert sein. Diese Einschätzung ist eine Naivität von ihm und erklärt im Nach-hinein sein oftmaliges Scheitern.

Andererseits ist Vaddern schon klar, dass bei der Größe von Discountern. Mit Tausenden von Filialen, eine Einkaufsstruktur bestehen muss, soll nicht alles drunter und drüber gehen. Das gilt nicht weniger für Versandhäuser, so wie den Risotto-Versand. Einer der Großen in der Branche. Und dieser Risotto-Versand, d. h. der Einkaufsvorstand, quält sich gerade im Feierabendverkehr nach Schelmenhorst, um von Sodastream mit *Trinkwassersprudlern* beliefert zu werden. Es ist nicht zu fassen.

Anruf von Frau Minte aus der Telefonzentrale: *„Herr Schmidt hier stehen 3 Männer und behaupten, sie wären vom Risotto-Versand und wollen zu ihnen."*

„Ja, Frau Minte, das hat seine Richtigkeit. Die sollen unten warten. Bieten sie denen Sitzplätze aber nichts zu trinken an!"

„Peter, unsere Risotten sind da."

„Wat, die sind wirklich jekommen? Ick dacht schon, dat de mir nen Bären aufjebunden hast. Da sind se für hundatfufzich Kilometa mehr als drei Stunden unterwejs. Die hamm aber ordntlich Druck von ihrn Chef bekomm. Wo sind se denn nu?"

„Ich lasse sie in der Eingangshalle noch etwas von der anstrengenden Fahrt entspannen. Frau Bruck wird sie gleich hochführen."

Peter grinst: *„Da ziehst de dich jetzt dran hoch? Den Einkaufsvorstand* *von Risotto warten zu lassen."*

„Nicht wirklich, Peter. Du weißt, wie arrogant die vor ein paar Jahren zu uns waren. Ich bin nicht nachtragend, aber vergessen tu ich auch nichts."

„Is ja schon jut, mach man. Ick setz mir daszu und wird´ mir det Schauspiel nich entjehen lassen."

Vaddern schiebt Peter sanft in sein Büro und zeigt auf eine historische Dartscheibe an der Wand, die er von seiner letzten Englandreise mitgebracht hat.

Und während Kautz die Sisalscheibe betrachtet, gibt mein Vater der Telefonzentrale die Anweisung, die Risotto-Gruppe in das Besprechungszimmer zu führen.

„Ich habe bei einem Darttunier in London mitgespielt, aber leider keine Chance gegen den englischen Gegner gehabt. Die sind halt taktisch cleverer. Mal sehen, was da unser Besuch drauf hat. Komm, lass uns in den Besprechungsraum gehen. Die haben jetzt lange genug in ihrem Saft geschmort."
Beide betreten den 40² großen Raum mit modernem Gestühl. Drei Männer sitzen an dem Tisch – vor leeren Kaffeetassen. Wie die Pennäler springen alle gleichzeitig von ihren Stühlen auf, als Peter und Vaddern den Raum betreten.

„*Guten Tag. Dies ist der Inhaber der Firma Sodastream Deutschland, Herr Kautz. Sie haben gut hergefunden?*"

„*Kein Problem Herr Schmidt. Nach Schelmenhorst ist es ja nur ein Katzensprung.*"

Natürlich ist die Strecke nur ein *Katzensprung* von höchstens 1,5 Stunden Fahrzeit. Aber nicht an einem Freitagnachmittag, und schon gar nicht, wenn die Autobahn wegen Bauarbeiten teilweise gesperrt ist. Die Risotto-Meute brauchte fast 4 Stunden, denn jetzt ist es gleich halb drei. Bis die wieder zurück sind, wird es acht oder noch später. Doch sie treten auf, als ob sie das nicht tangiert. Diese Heuchler.

„*Na dann erzählen sie mal, was sie zu uns führt*", beginnt mein Vater mit ironischem Unterton das Gespräch.

Es folgt ein umfangreiches Loblied auf unseren Sprudler, auf die tolle Idee der Erfindung. Obwohl Vaddern nie behauptet hat, der Erfinder zu sein. Der Risotto-Versand möchte das Produkt in den nächsten Katalog mit aufnehmen. Darum haben sie die Bestellung geschickt und sind hier, um die Konditionen zu besprechen. Bevor mein Vater etwas sagen kann, legt der jüngste von den dreien einen Katalog auf den Besprechungstisch und schlägt die Seite mit den Küchengeräten auf.

„Herr Schmidt - wir beabsichtigen ihr Produkt, mit einer ganzen Seite in unseren Hauptkatalog aufzunehmen. Wissen sie, was das bedeutet?"

„Nein - sie werden es mir erklären."

„Herr Schmidt, wir machen das selten, dass wir einem Produkt eine komplette Seite unseres Hauptkataloges widmen."

„Ich bin beeindruckt und wir fühlen uns geehrt", erwidert mein Vater und blickt dabei zu Peter.

Der hat längst bemerkt, dass Vaddern das Geschwafel des Assistenten nicht im Geringsten beeindruckt. Und er wartet gespannt darauf, wie die Besprechung weiter geht.

Der Jüngling eifrig: *„Wir lassen über Millionen Kataloge im Jahr drucken, Herr Schmidt. Haben sie eine Vorstellung was eine Seite an Produktionskosten verursacht?"*

„Nein, Herr ..."

Der Assistent lässt meinen Vater nicht zu Wort kommen und schwadroniert weiter: *„Unser Katalog kostet Millionen und jeder Lieferant, dem wir ausnahmsweise eine ganze Seite in unserem Hauptkatalog zuweisen, hat einen Werbezuschuss in Höhe von 10.000 DM zu leisten."*

„Lieber Herr ..."

Der Assistent unterbricht auch diesen Einwand meines Vaters und fabuliert: *„Der Vorstand hat beschlossen, Ihrer Firma – dabei schaut er gequält, weil er Sodastream wohl nicht für eine richtige Firma hält. Also der Risotto-Versand ist bereit ihnen eine Seite für 5.000 DM Druckkostenzuschuss zu überlassen. Ich denke, das ist doch ein großzügiges Angebot - Herr Kautz!"*

Peter hat die ganze Zeit kein Wort gesagt und sich nur alles still angehört. Das irritiert die Drei vom Risotto-Versand erheblich und der Assistent versucht nun Peter in das Gespräch einzubinden. Vielleicht hofft er, Kautz wird als Inhaber seinen Ausführungen zustimmen. Da hat sich das Jüngelchen aber verkalkuliert.

Peter beteiligt sich sehr wohl an Besprechungen und setzt oftmals auch durch, was er für sinnvoll ansieht. Schließlich ist er der Chef. In diesem Fall hält er sich aber zurück und amüsiert sich über den Verlauf des Gespräches. Außerdem gibt es nichts zu verhandeln. Der Lagerbestand reicht noch nicht einmal für die Stammkunden. Die lawinenartige Nachfrage hat Sodastream und den englischen Lieferanten, die Cadbury-Schweppes Group, förmlich überrollt. Peters Augen blitzen auf. Er weiß, was nun kommen wird.

Vaddern zieht das Gespräch wieder an sich: *„Ich habe sie jetzt richtig verstanden - sie sagten fünftausend Mark?"*

„Ja - eine großzügige Geste unseres Einkaufsvorstands", dabei blickt der Assistent beifallheischend zu dem, neben ihm sitzenden Einkaufschef.

Vaddern mit schneidender Stimme: *„Mein lieber Vorstands-Assistent. Ich sollte jetzt unsere Waschräume aufsuchen und in den Spiegel schauen. Um mich zu vergewissern, ob ich wirklich einen solch beschränkten Eindruck mache, wie sie ihn scheinbar von mir gewonnen haben."*

Assistent: *„Herr ..."*

Nun lässt Vaddern sich nicht unterbrechen: *„Sie glauben doch nicht im Ernst, dass wir auch nur eine Mark zahlen. Wir brauchen keine Werbung für unser Produkt und schon erst recht nicht zu unverschämten Konditionen. Sie entblöden sich nicht, bei uns um Ware zu betteln, und gleichzeitig Forderungen zu stellen. Sie nehmen am Freitagnachmittag den aufwendigen Weg hierher auf sich, weil Herr Risotto sie in den Hintern getreten hat. Nun kommen sie mit einer Unverfrorenheit daher und wollen uns Werbung in ihrem Scherz-katalog aufschwatzen. Sie leiden unter Realitätsverlust junger Mann und nur meine gute Erziehung hindert mich daran, sie augenblicklich vor die Tür zu setzen!"*

Der Risotto-Chef läuft rot an und zerrt an dem Katalog, den sein Assistent wie ein Schild schützend vor sich hält und Vaddern mit weit geöffneten Augen anstarrt.

„Legen sie doch endlich den verdammten Katalog weg!", zischt der Risotto-Chef seinen Untergebenen an.

„Herr Kautz, Herr Schmidt, dies ist natürlich alles ein Missverständnis. Herr Penderlin ist noch neu bei uns. Selbstverständlich müssen sie die Seite nicht bezahlen. Lassen sie uns lieber über Liefertermine sprechen."

Peter Kautz: *„Herr Ariolanza - wir müssen nich üba Liefertermine reden, weil et nischt zu liefern jibt. Außerdem hat ..."*

In diesem Augenblick klopft es an die Tür und Frau Selz erscheint in der Tür und schwenkt schüchtern ein FAX mit Briefkopf von der METRO: *„Entschuldigung, dass ich störe, Herr Kautz. Die Metro hat bereits zweimal angerufen. Die wollen wissen, wann sie die 11.000 Geräte für die Praktikerbaumärkte geliefert bekommen. Sie haben uns heute Morgen die Bestellung per Fax geschickt und warten dringend auf eine Antwort."*

Kautz: *„Sajen se denen, dat se sich noch jedulden müssen. Nächste Woche noch mal nachfrajen, denn wissen wa mehr."*

Das Risotto-Trio bekommt diesen Dialog natürlich mit und alle drei schauen noch betrübter drein. Bevor jedoch der Ober-Risottomann erneut nach Geräten fragen kann, beendet Kautz die Sitzung in seiner überaus freundlichen Art: *„Sie sehen, wir hamm viel szu tun und möchten ihnen auch nicht weiter uffhalten. Sie hamm ja noch 'n weiten Wej zurück, wa."*

Der zweite Risottomane hat die ganze Zeit nicht ein Wort von sich gegeben. Nun schaut er ungläubig in die Runde und sieht seinen Chef fragend an. Dieser nickt ihm unmerklich zu.

Dann folgt sein großer Auftritt: *„Wir erhöhen unsere Bestellung um das Doppelte, auf 6.000 Geräte! Ohne Zahlungsziel von 90 Tagen. Bezahlung bei Anlieferung!"*

Peters Antwort: *„Ick wünsche sie eine jute Reise!"*

Der Chefottomane erhebt sich schweratmend aus seinem Besucherstuhl und bittet Kautz beim Hinausgehen, dass dieser ihn anruft, wenn sich irgendetwas an der Liefersituation ändert.

Mit gesenkten Häuptern verlassen die drei die Stätte ihrer Niederlage. Die nur eine Schmach für sie bereitgehalten hat, weil sie uneinsichtig sind und nicht verstehen wollen oder können, dass manchmal auch der Name *Risotto* nicht weiterhilft.

Und was ist nun bei all' dem herausgekommen? Das Ergebnis liegt auf dem Tisch. Ein paar Kekskrümel. Eine Kanne kalter Restkaffee und drei liegen gebliebene Visitenkärtchen mit der gedruckten Behauptung: *Risotto - ist gut.*

Bestellungen

Die Pflanze in Peters Büro lässt ihre einst kräftigen Blätter herunterhängen und aus dem hellen, lebensfrohen Grün ist ein dunkles bedrohliches Braun geworden. Doch was ist der Grund für diesen betrüblichen Zustand? Man hat in der Geschäftshektik die Pflanze vergessen, unregelmäßig bis gar nicht gegossen und von irgend jemanden wurde sie in eine dunkle Ecke geschoben. Dort verkümmert sie nun und verliert ein Blatt nach dem anderen. Und es kam, was kommen musste. Eines Tages ist sie kahl und am nächsten Morgen von ihrem Stellplatz verschwunden.

Auf dem Hof stehen LKWS.. Es wird rangiert, aufgeladen und abgeladen. Ankommende und abfahrende Fahrzeuge sind zu sehen. Es herrscht große Hektik und Geschimpfe schallt über den Hof, jeder will schnell abgefertigt werden.

Lagermeister: *„Herr Könner, wir saufen hier ab. Die Bestellungen erschlagen uns."*

„Dann müsst ihr morgens eher anfangen. Nur der frühe Vogel fängt den Wurm!"

Darauf der Lagermeister ironisch: *„Danke für den Tipp Chef ..."*

Merkwürdiger Anruf

Ausnahmsweise nimmt Vaddern, zur Entlastung der Telefonzentrale, ein Gespräch an.

„Guten Tag, ich möchte mit dem Geschäftsinhaber sprechen."

„Wer sind Sie und was wollen sie von Herrn Scholter?"

„Mein Name tut nichts zur Sache. Ich will nicht den Geschäftsführer und auch keinen Frühstücksdirektor und schon gar nicht mit einem Angestellten sprechen. Verbinden sie mich einfach zu dem Geschäftsinhaber der Firma. Ihr Chef könnte sehr ungehalten werden, wenn er erfährt, dass sie mich nicht weiterverbinden."

„Ich habe hier keinen Chef; ich bin mein eigener Chef und jetzt nennen sie mir ihren Namen, sonst lege ich sofort auf!"

„Druckgaszylinder!"

Mein Vater ist sofort hellwach: *„Wie heißen Sie?"*

„Druckgaszylinder. Sie haben mich schon richtig verstanden. Aber jetzt klären sie mich erst mal über ihre Funktion in der Firma auf, bevor ich weiterspreche."

„Ich bin der Berater und mir gehört der Diamant, den sie scheinbar gefunden haben."

„Was für ein Diamant? Als Maschinenbauingenieur bin ich ein neugieriger Mensch und habe den drucklosen Zylinder in meiner Maschinenanlage aufgesägt. Was glauben sie, was ich gefunden habe?"

„Na den Diamanten."

„Hören sie endlich auf mit ihrem blöden Diamanten. In dem zersägten Zylinder habe ich keinen Diamanten gefunden. Etwas viel Interessanteres habe ich entdeckt. Diese Information sollte Ihnen eine Million wert sein!"

„Wie bitte? Ich habe mich scheinbar verhört. Was sagten Sie? Wiederholen sie das noch einmal?"

„Ich sagte, eine Million Deutsche Mark als Beraterhonorar erwarte ich von der Firma Sodastream Deutschland. Ist das jetzt klar ausgedrückt?"

„Unverschämt. Sie müssen verrückt sein."

„Halt! Sie sollten besser nicht auflegen! Wenn die Öffentlichkeit von meinem Fund erfährt, machen sie ihren Laden dicht."

„Ich verstehe. Es handelt sich bei ihnen also um eine ganz ordinäre kriminelle Erpressung."

„Nennen sie es, wie sie wollen. Ich sehe es eher als Beratung. Ich berate sie und helfe, die Firma vor großem Schaden zu bewahren."

„Da sind sie bei mir an der falschen Adresse. Ich lege jetzt auf und erstatte Anzeige bei der Polizei wegen Erpressung!"

„Das sollten sie besser nicht tun. Was glauben sie, wird der Geschäftsinhaber davon halten, dass sie die Firma mit ihrer Anzeige ruinieren? Außerdem habe ich nichts zu verlieren – zumindest weniger als der Inhaber der Sprudelfirma."

„Gut gebrüllt Löwe. Das zieht aber bei mir nicht. Eine Drohung taugt nur so lange, wie die Drohung ernst genommen wird. Ich werde ihre Unverschämtheiten einfach ignorieren und das Gespräch jetzt beenden."

„Schauen sie sich lieber mal einen Kohlensäurezylinder näher an. Dann werden sie mich auch ernst nehmen, sie Schlaumeier. Übrigens - sie können jetzt den Telefonmitschnitt beenden. Das ist nur ein billiges Aufzeichnungsgerät, das sie da installiert haben. Ich höre, während wir telefonieren, zwischendurch immer wieder ein verräterisches Knacken. So und jetzt lege ich auf – bis in zwei Wochen. Dann melde ich mich wieder."

Bevor mein Vater etwas darauf erwidern kann, hört er nur das Freizeichen im Hörer – aufgelegt. Na so was. Das ist ihm noch nie passiert. Der Kerl hat ihm glatt den Schneid abgekauft. Vaddern versinkt in seinen teuren Ledersessel. Befürchtungen türmen sich in seinem Kopf. Was kann er nur gegen diesen miesen Erpresser unternehmen? Und was hat der angeblich gefunden, was der Firma Probleme bereiten könnte? Hilflosigkeit zeichnet das Gesicht meines Vaters. Niemanden kann er einweihen, der ihm vielleicht einen Rat geben kann. Weder Peter noch den Rechtsanwalt, der für sie arbeitet. Vaters Gesichtsfarbe nimmt ein ungesundes Grau an. Er fasst sich an die Brust, stöhnt laut auf und fällt mit einem dumpfen Poltern zu Boden. Peter kommt aus seinem nebenan liegenden Büro gestürzt und erfasst sofort die Situation.

„Petra", brüllt er laut, „Ruf ma schnell een Sani! Klaus is umjefallen."

Vaddern kommt im Krankenhaus wieder zur Besinnung, als sich ein Arzt über ihn beugt.

„Das war aber knapp Herr Schmidt. Sie sollten mehr auf ihre Gesundheit achten, sonst werden sie Stammgast bei mir."

„W a s, wo bin ich?"

„Sie sind in unsere Klinik mit einem Kreislaufversagen eingeliefert worden; zum Glück gerade noch rechtzeitig. Morgen können Sie unser Haus wieder verlassen, wenn es keine Komplikationen gibt."

Mein Vater wird am nächsten Tag, da er wieder fit ist, aus dem Krankenhaus entlassen.

Erneute Zylinder-Probleme

„Verkehrsministerium - Passus."

„Guten Tag Herr Passus, hier Schmidt von Sodstream. Sie erinnern sich noch an mich?"

„Und ob. Ich grüße sie Herr Schmidt. Was machen die Zylinder - alles in Ordnung?"

Vaddern holt tief Luft: *„Nein, leider nicht Herr Passus. Einer unserer Fahrer ist erneut in eine Kontrolle geraten. Die Ausnahmegenehmigung, welche die Mitführung der Ausnahmegenehmigung, die von der Pflicht der Mitführung der Original- Gefahrgutdokumente befreit, wird nur im Original oder als beglaubigte Kopie akzeptiert!"*

„Ärgerlich. Herr Schmidt. Soll ich Ihnen eine weitere ...?"

„Nein, bitte nicht. Nicht noch eine Ausnahmegenehmigung von der Ausnahmegenehmigung der Ausnahmegenehmigung!"

„Verstehe. Darf ich aufrichtig sein Herr Schmidt? Ich weiß mir keinen Rat mehr."

„Ja, das verstehe ich - Herr Passus. Ich konnte mir da mal was überlegen. Wir haben doch jetzt stabile, verschlossene Transportboxen mit jeweils 10 Zylindern Inhalt. Die schützen hervorragend die

224

Zylinderventile vor Beschädigung. Wenn wir nun den Text der letzten Ausnahmegenehmigung, mit den entsprechenden Paragrafen und einen Dienststempel Ihres Ministeriums auf einer nicht ablösbaren Folie auf jede Transportbox gleich beim Hersteller anbringen lassen. Könnte uns das weiterbringen und – könnte das Ministerium die Zustimmung dafür geben?"

„Das hört sich machbar an Herr Schmidt. Das kann die Lösung werden. Ein für alle Mal. Schicken Sie mir doch gleich eine dieser Transportboxen in das Amt. Ich lasse die unverzüglich prüfen und rufe Sie dann wieder an."

Mexikaner

Der zweite Betriebsausflug am „Tag der Deutschen Einheit",
geht diesmal nach Elspe ins Sauerland. Die Firma unternimmt
mit 84 Teilnehmern (*MitarbeiterInnen und PartnerInnen*) einen
3-tägigen Ausflug in die Westernstadt ELSPE. Es wird in
Indianerzelten übernachtet und bis in die Früh am Lagerfeuer
gefeiert. Westernreiten und eine historische Aufführung in der
Freiluftarena lassen diesen Ausflug für die Teilnehmer zu einem
unvergesslichen Erlebnis werden.

Eine Sodastream-Mitarbeiterin über den Betriebsausflug:

Mitarbeiterstab einer Schelmenhorster Firma gekidnappt.
Jeder Mitarbeiter von Sodastream kann sich noch gut an den 02.
Oktober im Jahre 1997 erinnern, als sie für Tage von
Unbekannten verschleppt wurden. Viele leiden noch heute unter
Albträumen.

Mit zwei Doppeldeckerbussen wurden die Kolleginnen und Kollegen und deren Angehörige an dem besagten Tag in der Els-
flether Straße abgeholt. Die Stimmung war großartig. Es sollte
auf einen der berüchtigten Betriebsausflüge gehen. Mit dem, was
dann geschah, hatte wirklich keiner gerechnet: Mitten im
Sauerland wurden die Busfahrer plötzlich von Gauchos zum
Anhalten gezwungen. Dann ging alles ganz schnell. Bewaffnete
Mexikaner stürmten die Busse und zwangen alle Insassen zum

Aussteigen. Umgehend wurde den Reisenden die Hände gefesselt und mit einem langen Seil aneinander angebunden. Herr Selz erinnert sich: „Ich versuchte, zurück in den Bus zu flüchten, aber ich hatte keine Chance."

Besonders hart traf es den Vertriebsleiter und den IT-Manager. Ihnen war offensichtlich ihr Ruf als unberechenbar vorausgeeilt. Beide bekamen eiserne Fußfesseln mit zusätzlichen Gewichten angelegt. Nun folgte ein langer Fußmarsch durch Wald und Wiesen. Völlig erschöpft und eingeschüchtert trafen wir endlich auf eine Lichtung, auf der wir vom Anführer der Mexikaner erwartet wurden.

Der verlas sogleich das Strafmaß für zumeist nicht begangene Taten einiger Mitarbeiter. Die Inhaftierten wurden zu je einhundert Peitschenhieben und anschließenden Erhängen verurteilt. Gleich nach der Verurteilung wurden sie von der Gruppe getrennt und weggeführt. Die restlichen Gefangenen hatten Glück im Unglück. Sie wurden lediglich mit drei Tagen Gefängnis bei Wasser und Brot bestraft. Der Weg zum Gefangenenlager führte durch Pferdeställe. Hier traf die Gruppe erneut auf die Kollegen. Es war ein entsetzlicher Anblick. Beide waren übel zugerichtet und standen mit Eisenketten gefesselt in Pferdeboxen. Offensichtlich hatte man erfolglos versucht, Betriebsgeheimnisse aus ihnen herauszupressen. Geheime Videoaufnahmen zeigten beide kurze Zeit später bei Brot und

Bier. Anscheinend hatten sie doch geredet. Hierzu wollen sie jedoch bis zum heutigen Tage keine Stellung beziehen.

Das Lager war überraschenderweise annehmbar ausgerüstet. Die Gefangenen hatten paarweise in Tipis ihre Strafe abzusitzen. Die Zelte waren mit je zwei Pritschen, Schlafsäcken und Kissen ausgestattet. Außerdem mussten die Inhaftierten ein Cowboyhut aufsetzen. Anstelle von Wasser und Brot gab es am Abend in der Bodega Fidelmusik zu einem Festmahl. Wir kamen bei Bratkartoffeln, verschiedenen Sorten Fleisch, Salaten und Getränken zu neuen Kräften. Anscheinend waren die Mitarbeiter der Delmenhorster Firma doch von Bedeutung. Sogar auf das Erhängen der Kollegen verzichtete der Clananführer. Dafür wurde ihnen auferlegt, als Cancanballett aufzutreten. Mit ihren schwarzen Langhaarperücken und ihren bunten Kleidern machten sie so einen Eindruck auf den Häuptling, dass sie keine Extrastrafen mehr zu befürchten hatten.

Am zweiten Tag riss um 7 Uhr ein Trompetenappell die Gefangenen aus dem Schlaf. Frühstück gab es am offenen Lagerfeuer. Unsere Kundenbetreuerin Sadine berichtete: „Ich hatte einen tiefsitzenden Schock. Immer wenn ich in die Nähe eines Lagerfeuers komme, muss ich in die Flammen starren. Meinen Kaffeebecher hielt ich jederzeit fest umklammert. Ich bekam von dem Drumherum nichts mehr mit, so schaffte ich es, die vier Tage durchzustehen."

Nach dem Frühstück verfrachteten die Aufseher uns Gefangene auf Anhänger, die von Treckern gezogen wurden. Die einstündige Fahrt endete in einem Waldstück an einer kleinen Holzhütte. Vor der Kate stand ein Schaukelstuhl. Darin saß ein Männlein mit roten Bäckchen, einem Rauschebart, einer Brille auf der Nase, olivfarbenen Knickerbocker und dicken Wollsocken an den Füßen. Auf seinem Schoß lag ein Telefonbuch und daraus las er vor. Name für Name und Telefonnummer für Telefonnummer. Pausenlos. Jedem der Mitarbeiter war klar, dass dieser komische Kauz von den Mexikanern geschickt wurde, um unsere Gehirne mürbe zu machen. Die wollten, nach wie vor, an Betriebs-geheimnisse herankommen.

Aber da hatte der Anführer die Rechnung ohne die mutigen Mitarbeiter unserer Firma gemacht. In einem von den Bewachern unbeobachteten Moment trugen vier von uns den wunderlichen Mann mit samt seinem Schaukelstuhl in das Häuschen hinein. Dort konnte er dann sein Geplapper unerhört weiter vortragen. Den Weg zurück mussten die Gefangenen zu Fuß, ohne die bequemen Pferdewagen, bewältigen. Das Ziel war die Festivalhalle in Elspe. Dort wurde dann das Abendessen aufgetischt. Kurze Schauspieleinlagen der Mexikaner auf offener Bühne zeigten die zufällige Entdeckung einzelner Lebensmittel in der Natur. Nach jedem Akt wurde uns das zuvor Beschriebene als Mahlzeit serviert. Es gab Kartoffelsuppe, flambiertes Fleisch und den Sodastream-Salat. Das dies nur ein weiterer Versuch des

Häuptlings war, die Mitarbeiter weichzukochen, um endlich Betriebsinterna herauszubekommen, war allen sofort klar. Mit einer spektakulären Feuershow wurden wir spät abends verabschiedet und zurück in die Tipis geleitet.

Nach allmorgendlichen Trompetenappell und Lagerfeuerfrühstück startete am dritten Tag eine Außenshow, in der verschiedene Stunts vorgeführt wurden. Die Akteure schlugen sich Flaschen auf die Köpfe, sprengten ein Haus in die Luft und retteten einen brennenden Cowboy.

Nach der Show bildeten die Sodastreammitarbeiter vier Gruppen und es folgte eine Art Schnitzeljagd. Hier ging es ums Überleben. Gruppe gegen Gruppe. Mit je einer Kiste Bier und einen Briefumschlag mit Notfalltelefonnummer begaben sich die einzelnen Kolonnen auf in ihr Abenteuer. Eine der Gruppen erreichte von vier Kontrollpunkten gerade mal den Ersten. Dort war die Aufgabe, eine Vogelscheuche zusammenzuzimmern und mit Kleidungsstücken der Mitarbeiter bestückt zu werden. Die Anzahl der Kleidungsstücke sollte dann am nächsten Kontrollpunkt mit Boni belohnt werden. Leider erreichte eine Gruppe diesen Posten nie, sondern wanderte und wanderte und wanderte. Kokett Herbe (Registratur) berichtete: „Ich hatte keinen Bock mehr. Die sollten endlich diesen scheiß Briefumschlag mit der Notfallnummer aufmachen."

Ben Eiden (Lebensgefährte von Gitta Revers bekannte: „Die Vogelscheuche hat mich durchhalten lassen. Wir sind gute Freunde geworden." Nach einigen Nachfragen gab er schließlich zu: „Ja, wir haben uns geküsst! Aber nur einmal – ich würde es aber wieder machen."

Die Gruppe gab letzten Endes auf, rief die Notfallnummer an und ließ sich abholen. Trotz der Sonderpunkte, die für die zurückgelegten Kilometer gegeben wurden, reichte es für diese Gruppe bei der abendlichen Preisverleihung nur für den letzten Platz.

Dann kam der vierte Tag, die Abreise. Die Strafen waren abgesessen. Trotz mehrfacher Versuche ist es dem Häuptling nicht gelungen, Betriebsgeheimnisse aus den Mitarbeitern herauszubekommen. So muss das in einer guten Firma sein.

Der Hölle Rache kocht in meinem Herzen

„Wer zsum Teufel, kommt ohne anszuklopfen ... - ach du bist et."

Peter dreht die Zauberflöte am Radio leiser und schaut Vaddern fragend an.

„Peter – wir müssen reden - über mein Honorar."

„Wat? Nich schon wieda. Hat det nich Zeit bis später?"

„NEIN Peter- hat es nicht! Es macht mir keinen Spaß mehr, immer hinter meinem Geld herzulaufen. Es muss endlich eine Klärung her, und zwar sofort!"

„Mann bleib ma cool. Ick hab´jetze keene Szeit wa. Lass uns morjen doch darüber reden."

„Nichts da morgen. Ich bin die ewigen Diskussionen leid. Jetzt oder gar nicht."

„Na dann lieba ja nich"

„Das würde dir so passen. Das kannst du mit deinem Freund Allex machen, aber nicht mit mir. Ich warne dich. Treibe es nicht zu weit."

„Hör uff mir szu droh´n. Det vafängt nich bei mir – und jetzt raus! Ick habe szu tun."

Mein Vater wird immer wütender und sein Gesicht läuft rot an. Der Puls beschleunigt sich. Fassungslos schaut er seinen ehemaligen Freund an. Sein unruhiger umherschweifender Blick sucht nach einer Sitzgelegenheit. Im selben Moment fällt mein Vater, mit den Armen hilflos in der Luft nach einem Halt suchend, auf den Büroboden.

„Petra", ruft Kautz seine Freundin aus dem Nebenraum herbei: „Unser Berater is ma wieda umjefallen."

Wo ist Herr Schmidt

Niemand weiß Genaues. Die Mitarbeiter spekulieren lebhaft über die Abwesenheit von Herrn Schmidt. Der ist seit Tagen nicht mehr in der Firma gesehen worden. Wilde Phantasien sind im Umlauf. Zumal auch die Frau von Peter Kautz ebenfalls nicht mehr gesehen wird. Keiner weiß etwas und der Chef Herr Kautz, schweigt zu allem.

Der Lagermeister geht auf das hintere Zylinderregal zu. Da sieht er, seinen Chef dort stehen und das Regal näher inspizieren.

„Hallo Chef. Was nicht in Ordnung mit dem Regal?"

„Allet jut Lajermeester. Nur de Szylinder liejen doch ziemlich lose in det Rejal. Nich dat die rausrollen, wa."

„Nein, das glaub' ich nicht. Ich kann aber zur Sicherheit Stoppleisten anbringen lassen."

„Besser wär' det. Ick will se nich runterpoltern hörn, wa!"

PAUSE

„Herr Kautz – ich muss Herrn Schmidt sprechen, aber hab' ihn schon seit Tagen nicht mehr gesehen. Wissen Sie, wo ich ihn finde?"

„Ne, wes ick nich - must ihn halt suchen jehn."

Peter verlässt die Lagerhalle und lässt einen bedröppelt dreinschauenden Lagermeister zurück.

In diesem Moment kommt Allex über den Hof: *„Sag mal Peda, wo is eigentlich unser Berater - und Petra habe ich auch schon ewig nicht mehr gesehen?"*

„Jetze frachst du och noch. Ick wes es selba nich und Petra pflegt ihre kranke Schwester."

„Krankenschwester? Die hat 'ne Schwester? Oder meinst du, dass die mit ...?"

*„Ick meen janix. **Laß ma in Ruh!**"*

Peter setzt sich in sein Auto und fährt davon.

Standesbank

Vaddern fröstelt, obwohl es nicht kalt ist. Er steht mit meinem älteren Bruder im Seiteneingang der Bank.

„Paul, mach die keine Sorgen. Es wird schon alles klappen."

„Dad, mir geht es trotzdem nicht gut dabei."

„Keine Sorge Junge. Vertraue deinem Vater. Ich habe alles genau geplant. Der Geldtransporter war vor einer viertel Stunde da. In wenigen Minuten werden wir vermögend sein und die Geldsorgen haben ein Ende; für immer!"

Paul zupft unseren Vater am Ärmel: *„Pssst – nicht so laut"*, und deutet dabei auf einen vorbeieilenden Passanten.

„Komm, es wird Zeit!", zieht Vaddern meinen, sich sträubenden, Bruder in Richtung Eingangstür.

Nach wenigen Minuten verlassen sie die Bank und steuern auf den Parkplatz zu. Da bleibt unser Vater auf einmal stehen und schiebt meinen Bruder in die andere Richtung.

„Was is los? Unser Auto steht doch ..."

„Paul schau dich nicht um. Ich habe gerade Gestalten hinter unseren Jeep huschen sehen. Das ist mir nicht ganz geheuer. Lass uns jetzt unauffällig zum Bahnhof gehen. Der ist nur 200 Meter von hier entfernt. Den Wagen können wir morgen ... dreh dich nicht um,

verdammt noch mal!"

„Ja ja – schon gut. Reg dich nicht auf. Ich hatte ja gleich so ein komisches Gefühl vorhin gehabt. Aber du hörst ja nicht auf mich. Nie hörst du auf mich!"

„Junge lass uns jetzt bloß nicht streiten. Geh´ bitte zum Schalter und hole Fahrkarten."

„Der Nächste", schnarrt der Schalterbeamte Paul an.

„Zwei Fahrkarten bitte nach … - shit – ich habe kein Geld bei mir. Mein Portemonnaie liegt im Handschuhfach vom Auto."

Und wieder ertönt die monotone Stimme des Mannes hinter dem Kundenschalter: *„Der Nächste bitte."*

„Paul – was ist los …?"

„Dad, ich habe mein Portemonnaie im Wagen gelassen. Hast DU denn kein Geld dabei?"

„Doch! 4 Millionen; in großen Scheinen. Soll ich die Bundesbankfolie von einem Bündel Geldscheine aufreißen und einen Tausender dem Schalterfritzen hinlegen?"

„Bloß nicht. Der guckt sowieso schon so komisch zu uns rüber. Lass uns schnell den Schalterraum verlassen."

„Dann fahren wir eben ohne Fahrkarten. Wir müssen auf jeden Fall hier weg!"

„Schwarzfahren, mit 4 Millionen Mark in der Tasche? Das ist doch verrückt - und ein großes Risiko."

„Hast du eine bessere Idee Paul?"

Beide steigen in die nächste Bahn und lehnen sich entspannt in die Sitze zurück.

„Geschafft Sohnemann, jetzt wird alles wieder gut."

Da betreten drei dunkel gekleidete Männer den Zug und steuern auf Vater und Sohn zu.